KB245399

귀환한 만년 만에 플레이어

만 년 만에

나비계곡 퓨전 판타지 장편소설

WISHBOOKS FUSION FANTASY STORY

만 년 만에 귀환한 플레이어 3

나비계곡 퓨전 판타지 장편소설

초판 1쇄 찍은 날 | 2019년 9월 9일
초판 1쇄 펴낸 날 | 2019년 9월 18일

지은이 | 나비계곡
펴낸이 | 권태완 우천제

기획 | 위시북스
편집책임 | 한준만
편집 | 위시북스

펴낸곳 | (주)케이더블유북스
등록번호 | 제25100-2015-43호
등록일자 | 2015. 5. 4
KFN | 제2-5호

주소 | 서울시 구로구 디지털로31길 38-9, 401호
전화 | 070-8892-7937 팩스 | 02-866-4627
E-mail | fantasy@kwbooks.co.kr

ISBN 979-11-293-4000-9 04810
　　　979-11-293-3914-0 (set)

만년 만에 귀환한 플레이어

나비계곡 퓨전 판타지 장편소설

WISHBOOKS FUSION FANTASY STORY

3

만년 만에 귀환한 플레이어

CONTENTS

◆ 1장 ◆
S급 게이트 사냥

화랑 3군.

수원, 포항을 각각 지키고 있는 화랑 1군, 2군 부대와는 달리 플레이어들에 의해 벌어지는 불법적인 사건을 주로 담당하는 부서였다.

'그 3군의 단장이라고 했던가.'

강우는 찬란한 은발을 가지고 있는 백화연을 빤히 바라보았다. 동양인의 얼굴에 은발이라는 굉장히 특이한 조합이었지만 워낙 외모가 출중한 탓에 이질적으로 느껴지지는 않았다.

'강하겠지.'

강우는 가늘게 뜬 눈으로 그녀를 살폈다.

얼핏 봐서는 가녀린 여인으로 보였지만 외모대로일 리가 없다는 것은 잘 알고 있었다.

표정과 태도에서 느껴지는 당당함. 절대로 부러지지 않을 것 같은 올곧음. 그녀의 경지가 어느 정도인지 한 번 봐서는 알 수 없었지만, 상당히 강한 축에 들 것 같다는 예감이 들었다.

"음, 미리 선객이 있었군. 갑자기 끼어들어서 미안하다. 그건 그렇고… 이자가 네가 직접 후원하고 있다는 루키인가?"

백화연은 강우를 지그시 바라보며 물었다.

"맞아."

"레드로즈 길드 소속인가?"

"아니, 우리 길드 소속은 아니야. 음… 동맹 관계라고 부르는 편이 맞겠네."

"호오. 네가 길드 소속도 아닌 플레이어에게 그렇게 큰 지원을 해주다니. 놀랍군."

"그만한 가치가 있는 놈이니까."

백화연은 흥미롭다는 눈빛으로 강우를 바라보았다.

그녀는 강우를 향해 손을 내밀며 말을 이었다.

"반갑다. 화랑 3군단장 백화연이라고 한다."

"오강우라고 합니다."

"오강우……?"

그의 이름을 들은 백화연은 가볍게 눈살을 찌푸리며 기억을 더듬었다.

"아! 그때 C급 게이트 앞에서 만났던 청년이로군!"

백화연은 강우랑 만났던 것이 기억났는지 눈을 반짝이며 그의 손을 움켜쥐었다. 그 모습에 차연주가 고개를 갸웃거리며 물었다.

"둘이 만난 적 있어?"

"그렇다. 아주 예의 바르고 정의로운 청년이었지. 하하. 차연주 자네도 보는 눈이 좋군."

"…뭐라고?"

백화연의 말에 차연주는 무언가 불쾌한 것을 씹은 것 같은 표정으로 강우를 바라보았다. 그가 예의 바르고 정의로운 청년이라니, 헛소리에도 정도가 있었다. 강우만큼 그 두 단어가 이질적으로 느껴지는 인간도 드물었다.

'대체 무슨 사기를 친 거야?'

차연주는 의심스럽다는 표정으로 그를 노려보았다. 강우는 어수룩해 보이는 미소를 지으며 뒤통수를 긁적였다.

"하하. 과찬이십니다. 백화연 씨가 절 너무 좋게 봐주시니 제가 다 부담……."

"우웩."

"…뭐야."

"아니, 좀 역겨워서."

차연주는 어깨를 으쓱이며 백화연에게 시선을 돌렸다.

"뭐, 예의 바르거나 정의롭다는 데는 동의하지 않지만, 실력 하나는 확실해."

"흐음. 그렇군."

백화연은 고개를 끄덕이며 자리에 앉았다.

차연주는 강우를 향해 고개를 돌리며 물었다.

"그래서, 아까 하려고 했던 말이 뭐야?"

"음……."

강우는 슬쩍 백화연 쪽을 바라보았다. 그의 의도를 알아차린 차연주가 나지막이 말했다.

"화연이라면 신경 쓰지 않아도 괜찮아. 우리 쪽 하고는 꽤나 깊은 관계니까 말이야."

"흐음. 뭐, 그렇게까지 얘기하면 그냥 말하지. 이번에 S급 게이트 정식 출입허가증을 받고 싶어."

"…뭐?"

예상치 못한 그의 부탁에 차연주는 당황스러운 표정을 지었다. 그녀는 가늘게 뜬 눈으로 강우를 바라보며 물었다.

"설마 S급 게이트에서 사냥할 생각이야?"

"그래. 소환수를 구했다고 했잖아? 혼자라면 좀 위험해도 소환수까지 같이 간다면 충분히 사냥할 수 있어."

"허……."

차연주는 어처구니없다는 표정으로 그를 바라보았다.

헛소리를 하는 것처럼 보이지는 않았다. 그녀가 아는 강우는 불가능한 일에 무모하게 도전하는 인간이 아니었다. 그가 사냥할 수 있다고 말했다면, 정말로 사냥할 수 있기 때문에 그런 말을 했을 가능성이 컸다.

"…수원 S급 게이트에 뭐가 나오는지는 알고 있지?"

"자이언트 오우거와 산악거인, 와이번 그리고……."

"엘 쿠에로가 있지."

차연주는 낮은 목소리로 S급 게이트 보스 몬스터의 이름을 입에 담았다.

"만약에 거기서 사냥한다고 하더라도 절대 호수 근처로는 다가가지 마. 알았지?"

"알고 있어."

강우는 덤덤한 표정으로 고개를 끄덕였다.

S급 게이트의 반 이상을 차지하고 있는 거대 호수. 그 넓은 호수에는 놀랍게도 몬스터가 거의 존재하지 않았다. 그 이유가 바로 앞서 차연주가 말한 엘 쿠에로라는 몬스터 때문이었다.

30미터에 달하는 거대한 가오리의 외형을 지닌 괴물. 넓게 퍼진 지느러미에는 수천 개의 독침이 있고 온몸에서 고압 전류를 내뿜기도 했다.

엘 쿠에로가 호수 안에 있는 거의 모든 몬스터를 먹어치워

버렸기 때문에 물 밖으로 나올 수 없는 몬스터들은 그에게서 살아남지 못했다. 결국 호수에 사는 것은 엘 쿠에로가 먹이로 취급하지도 않는 자잘한 어류뿐.

겉으로는 아름답지만, 실상은 하나의 포식자로 인해 대부분의 생명이 말살당한 곳. 그곳이 바로 수원 S급 게이트에 존재하는 호수의 정체였다.

"후우. 그럼 임시 출입허가증을 정식으로 변경해 달라고 연락해 둘게. 내일이면 바로 출입할 수 있을 거야."

"고마워."

강우는 내일이면 바로 출입 가능하다는 말에 눈을 반짝였다.

"자, 잠깐!"

둘의 대화를 듣고 있던 백화연이 당황스러운 표정으로 입을 열었다.

"S급 게이트라니, 그게 무슨 소리인가? 그는 고작 몇 주 전에 C급 게이트에……."

"아… 그거 말이지."

차연주는 미묘한 표정을 지으며 깊은 한숨을 내쉬었다. 백화연의 말대로 강우는 고작 몇 주 전까지만 하더라도 C급 게이트에서 사냥을 하는 플레이어였다. 하지만 지금은.

'S급 게이트도 드나들 수 있는 괴물이지.'

차연주는 이해할 수 없다는 표정으로 강우를 바라보았다.

그가 재능이 있는 건 알고 있었다. 어쩌면 한국 최고라고 할 수 있는 백강현을 뛰어넘을지도 모른다고 생각했다. 하지만 그녀가 예상했던 것 이상이었다. 그의 성장 속도는 전례가 없었다.

'그나마 비슷하다면 퍼스트레이디 정도인데……'

퍼스트레이디 그레이스 맥커빈. 세계에서 최초로 플레이어로 각성한 여인으로 현재 월드 랭킹 1위였다.

'사실 그레이스보다 빠르지.'

그가 플레이어로 각성한 지 한 달. 고작 그 한 달 만에 국내에 손꼽히는 랭커급으로 강해졌다. 퍼스트레이디가 아무리 빠르게 성장했다고 해도 강우 정도는 아니었다.

'앞으로 얼마나 더 괴물이 될까.'

그녀는 기대와 걱정이 섞인 눈빛으로 강우를 바라보았다.

"뭐, 여기엔 좀 사정이 있어서. 저 녀석 실력에 대해서는 믿어줘도 괜찮아."

"흠. 아무리 그렇다고 해도 S급 게이트는……"

백화연은 이해가 되지 않는다는 표정으로 강우를 바라보았다. 수원의 S급 게이트는 지금 국내에 손꼽히는 랭커늘도 솔로 사냥을 기피하는 장소였다. 물론 기피하는 가장 큰 이유는 엘쿠에로의 위험 때문이지만 그곳에 있는 일반 몬스터들도 결코 무시할 수 있는 수준은 아니었다.

'3차 각성에서 S급 특성이라도 개화한 건가?'

백화연은 강우를 빤히 바라보며 고개를 갸웃거렸다.

'아니, S급 특성이라고 해도 몇 주 만에 C급에서 S급 게이트로 진출하는 건 불가능해.'

그렇다면 더 높은 등급의 특성을 개화했을 수도 있단 의미.

"…대단한 플레이어를 잡은 것 같군."

"뭐… 잡았다고 해야 할지 잡혔다고 해야 할지 모르겠는 상황이지만 말이야."

차연주는 자조 섞인 미소를 지으며 어깨를 으쓱였다.

그녀는 백화연에게 시선을 옮기며 물었다.

"그럼, 나는 이만 가볼게."

용건이 끝난 강우는 자리에서 일어섰다.

에키드나의 신분증과 S급 게이트 정식 출입허가증. 이 두 가지 문제를 한꺼번에 해결했으니 굳이 이 자리에 남아 있을 필요는 없었다.

'저쪽도 그래 주길 원하는 눈치기도 하고 말이야.'

강우는 차연주를 찾아온 백화연을 힐끔 쳐다보며 몸을 돌렸다.

"조심해. S급 게이트는 진짜 위험한 곳이니까. 나도 몇 번 사냥을 해보긴 했는데 몬스터들 어그로가 한 번에 끌려서 죽을 뻔했어."

"명심하도록 하지."

강우는 그렇게 말하며 사무실 밖으로 나갔다.

탁.

강우가 나가자 묘한 적막감이 사무실에 내려앉았다.

차연주는 강우가 일어난 자리에 앉은 백화연을 향해 고개를 돌렸다.

"그래서, 무슨 용건이야?"

"악마교에 관한 일이다."

"……."

악마교라는 단어에 차연주의 표정이 거칠게 일그러졌다. 그녀의 몸에서 숨길 수 없는 살기가 뿜어져 나왔다.

"꼬리를 잡은 거야?"

"아니, 그건 아니다."

"…후우."

백화연의 대답에 차연주는 맥이 빠진다는 표정으로 한숨을 내쉬었다.

"하지만 이번에 기대를 걸어볼 수 있는 건 있다."

"기대를 걸어볼 수 있는?"

"전에 우리 쪽 요원 하나가 악마교 내부로 잠입에 성공했다는 얘기는 들었나?"

"아, 응. 들었어."

"어젯밤 강동훈 요원이 은밀하게 메시지를 보냈다. 주요 증거 영상을 입수했으니 따로 접선지를 정해 몰래 영상을 넘겨주겠다고 하더군."

백화연의 말을 들은 차연주의 눈빛이 반짝였다.

"주요 증거 영상을 확보했다고?"

"그렇다."

"그러면 그냥 데이터 파일을 보내면 되는 거 아니야? 굳이 위험하게 직접 만나서 건네줄 필요는 없잖아."

"통신 장비가 엄격하게 통제받고 있어서 그럴 수가 없다. 악마교 내부에서는 메시지조차 보낼 수 없다고 하더군."

"…더럽게 철저한 놈들이네."

"하는 짓이 그 모양이니 말이다."

백화연은 생각하는 것만으로도 불쾌하다는 듯이 눈살을 찌푸렸다. 사람을 납치해 산 제물로 바치는 정신 나간 인간들. 그것도 그들이 벌이는 여러 일 중 하나에 불과했다. 더 은밀한 곳에서 무슨 짓을 꾸미고 있는지는 아직 감조차 잡지 못하고 있었다.

"이번에 잠입시킨 곳이 그놈들 본부야?"

"아니. 지부에 불과하다. 본부가 어디인지, 애초에 한국에 본부가 있는지도 아직 확인하지 못했다."

"…설마 전 세계적으로 퍼져 있는 조직일 수도 있다는 거야?"

"지금 그들의 규모를 보면 그럴 가능성이 더 크다."

"허……."

차연주의 입에서 허탈한 한숨이 흘러나왔다.

"대체 그 악마교가 뭐길래……."

산 제물을 바치는 정신 나간 종교가 전 세계적으로 퍼져 있는 거대 종교라니. 지금이 21세기라는 것이 믿어지지 않을 정도였다.

"아직 정확히 밝혀진 것은 아무것도 없다. 내 개인적인 추측에 불과하니 너무 섣부르게 생각하지 마라."

"그래서 그 접선지가 어딘데?"

"수원이다."

"수원?"

"내일 화서역 근처에서 만나기로 했다."

수원 화서역이면 한국에서 모르는 이가 없는 장소였다. 다름 아닌, 국내에서 두 곳밖에 없는 S급 게이트가 자리 잡고 있는 장소였으니까.

"자네 길드에도 지원 요청을 하고 싶다. 되도록 들키지 않고 접선하고 싶지만… 만일의 경우가 생길 수 있으니 말이다."

"알았어."

차연주는 망설이지 않고 고개를 끄덕였다. 악마교에 관한 것은 그녀가 지금 가장 신경 쓰고 있는 일이었다.

"나도 같이 갈게."

"…그 아이 때문인가?"

"……."

백화연의 물음에 차연주의 표정이 일그러졌다.

"하은이 얘기는 하지 마."

"…미안하군. 알았다. 자네가 직접 와준다면 그 이상 든든한 게 없지."

백화연은 쓸쓸한 미소를 지으며 차연주의 어깨를 가볍게 두드렸다.

"그나저나 수원 화서역이라……."

차연주는 S급 게이트에 사냥을 가겠다고 한 강우의 말을 떠올렸다.

'설마 마주칠 일은 없겠지?'

내부 요원과 접촉해 동영상 파일만을 전달받는 일이었다.

그가 끼어들 여지는 없었다.

다음 날. 강우는 아침 일찍 일어나 밥을 먹고 바로 나갈 준비를 마쳤다. 그의 옆에는 에키드나가 새하얀 원피스를 입은 채 함께 나갈 준비를 하고 있었다.

"어제 설아랑 같이 산 거야?"

하늘하늘한 프릴이 달린 원피스. 에키드나는 원피스의 옷
자락을 잡으며 한 바퀴 몸을 돌렸다. 만화에서나 나올 법한 동
작이었지만 인형 같은 외모를 가진 에키드나가 그런 동작을 취
하니 마치 그 만화 속으로 들어온 것 같은 착각이 들 정도로
어울렸다.

"어때, 강우? 어울려?"

에키드나는 기대감에 찬 눈빛으로 강우를 올려다보았다.
강우는 피식 웃음을 흘리며 그녀의 머리를 쓰다듬었다.

"응. 아주 어울려."

"헤헤."

에키드나는 강우의 칭찬이 기쁜지 두 주먹을 가볍게 움켜쥐
며 몸을 들썩였다. 그녀는 한설아를 향해 쪼르르 달려가더니
꾸벅 고개를 숙였다.

"고마워. 정말 강우가 마음에 들어 했어."

"호호. 에키드나는 예쁘니까 뭘 입어도 어울렸을 거예요."

한설아는 에키드나의 머리를 쓰다듬으며 상냥한 미소를
지었다.

강우는 현관을 향해 몸을 돌렸다.

"그럼 난 에키드나랑 같이 사냥을 다녀올게."

"네, 강우 씨."

에키드나와 사냥을 다녀온다는 말에 한설아는 일순 부럽다는 표정을 지었지만 이내 씁쓸한 미소를 지으며 고개를 끄덕였다. 그와 함께하기에는 아득히 부족하다는 사실을 그녀 자신도 잘 알고 있었기 때문이었다.

"다녀오세요, 강우 씨."

"설아도 오늘은 사냥 가지?"

"예. 오늘도 시훈 씨랑 태수 씨, 은비랑 같이 가기로 했어요."

"만약 사냥 중에 처음 보는 몬스터를 보면 절대 상대하지 말고 바로 도망쳐."

"네, 강우 씨."

"조만간 나도 같이 한번 갈게."

"강우 씨도요?"

"응."

의외라는 듯이 그를 바라보는 한설아의 눈빛에 강우는 천천히 고개를 끄덕였다.

'지금쯤이면 폭렙 한번 시켜줄 때니까.'

어느 정도 전투 경험이 쌓였으니 그들의 성장에 박차를 가하기 위해서 레벨 업을 도와줄 필요가 있었다.

"헤헤. 그럼 그때를 기대하고 있을게요."

강우가 같이 간다는 사실만으로 기쁜지 그녀는 해맑게 미소를 지었다. 강우는 기뻐하고 있는 한설아를 뒤로하고 S급 게이트로 향했다.

"좋아, 그럼 시작해 볼까."

차를 타고 화서역 근처에 있는 S급 게이트에 도착한 강우는 차연주가 마련해 준 정식 출입허가증으로 손쉽게 안으로 들어왔다.

'근데 오늘 화랑부대 숫자가 좀 적어 보이던데 무슨 일 있었나?'

평소 같았으면 입구 주변을 철통 경비하고 있을 화랑부대 1군이 오늘따라 그 숫자가 적어 보였다.

'뭐, 큰 상관 없는 일이겠지.'

지금 중요한 것은 화랑부대가 아니었다. 강우는 멀리 보이는 호수를 힐끗 바라보며 말을 이었다.

"저 호수 주변에는 다가가지 마. 위험한 몬스터가 있으니까."

"알았어. 강우랑 계속 같이 있을게."

"그럼, 몬스터를 내가 끌고 오면 마법으로 서포트해 줘. 본체로는 변신하지 말고."

본체로 싸우는 쪽이 당연히 더 강하겠지만, 그녀의 본체는 너무 거대했다. 사냥 중에 다른 몬스터들의 어그로를 끌

가능성이 너무 컸다.

"웅."

에키드나는 의욕에 찬 눈빛으로 연신 고개를 끄덕였다.

강우는 주시자의 권능을 사용해서 주변 몬스터를 탐색했다.

'자이언트 오우거인가.'

5미터에 달하는 거대한 몸체를 가지고 있는 거인이 움직이고 있는 것이 느껴졌다. 이 게이트에 가장 많은 몬스터임과 동시에 주는 경험치가 많아 인기가 많은 몬스터였다.

'우선 한 마리씩 사냥해 볼까.'

강우는 유혹의 권능을 사용하여 자이언트 오우거 한 마리를 끌어왔다.

쿵! 쿵! 쿵!

"에키드나, 준비해."

"알았어."

마치 지진이라도 일어난 것처럼 흔들리는 땅. 강우는 이쪽을 향해 다가오는 자이언트 오우거를 바라보며 몸을 낮게 숙였다.

"크아아아아아!"

5미터에 달하는 거인이 괴성을 지르며 달려오는 모습은 순간적으로 생각을 잊게 할 정도로 압권이었다.

'천력의 권능.'

권능을 사용하지 않은 신체로는 자이언트 오우거의 괴력을 상대할 방법이 없다고 판단한 강우는 천력의 권능을 사용한 채 돌진하는 자이언트 오우거와 격돌했다.

크그그그그그긍!

자이언트 오우거와 강우의 격돌에 주변 땅이 뒤집어지며 거친 폭음이 주변을 울렸다.

"크으으."

강우의 입에서 짧은 침음이 흘러나왔다.

'과연 S급 몬스터라 이건가.'

천력의 권능을 사용했음에도 견디기 쉽지 않은 괴력이었다.

'하지만.'

강우의 눈이 반짝였다.

강우는 천력의 권능을 유지하며 재빠른 동작으로 자이언트 오우거의 팔을 타고 그의 몸 위에 올라탔다.

'상대하지 못할 정도는 아니야.'

콰드드득!

"크아아아아아!!"

강우의 손에서 만들어진 마기의 창이 자이언트 오우거의 목 덜미를 꿰뚫으며 깊게 쑤셔 박혔다. 마음 같아서는 이 상태로 암극의 권능에 칼날의 권능을 더해서 자이언트 오우거의 몸을 내부에서부터 찢어버리고 싶었지만.

'그것까진 힘들 것 같네.'

3가지의 권능을 동시에 사용하는 것은 지금의 강우로서도 무리가 가는 일이었다.

'천력의 권능을 사용하지 않고는 이 힘에 버틸 수가 없어.'

강우는 거칠게 몸을 비틀고 있는 자이언트 오우거에게서 팅겨 나가지 않기 위해 창을 잡은 손에 힘을 더했다. 자이언트 오우거의 힘이 어찌나 강한지 창을 잡고 있는 손바닥이 창대에 쓸려 피가 흘러나오기 시작했다.

"다크 사이드."

강우와 자이언트 오우거 사이의 대치가 이어지고 있을 때, 에키드나의 마법이 가세했다. 허공에 만들어진 열두 개의 검은 낫이 오우거의 몸을 노리고 날아들었다.

촤악! 촤아악!

"크어어어어!!"

몸에 달라붙은 강우를 떼어내려고 하고 있던 오우거는 자신에게 달려드는 열두 개의 낫에 고스란히 몸이 난자당했다. 자이언트 오우거의 눈이 붉게 물들며 그의 몸부림이 한층 더 격렬해졌다.

"크르르르르!"

자이언트 오우거는 멀리서 자신을 공격하고 있는 에키드나를 향해 미친 듯이 달려들기 시작했다.

"그렇게 둘 수는 없지."

강우는 나지막한 목소리로 그렇게 말한 후 암극의 권능을 멈추고 천력의 권능을 그의 오른손에 집중했다.

콰드드득!

천력의 권능이 집중된 그의 오른손이 자이언트 오우거의 두피를 뚫고 파고들었다. 두피를 뚫은 그의 손에 말랑한 감촉이 느껴졌다.

'뇌전의 권능.'

파지지지직!!

"크어어어어……."

말 그대로 머릿속에 직접 지져지는 푸른 뇌전의 공격에 오우거는 입을 쩌억 벌린 채 몸을 비틀거렸다. 움직임이 느려진 오우거의 목을 향해 검은색 낫이 날아들었다.

쿵!

5미터에 달하는 자이언트 오우거가 바닥에 쓰러졌다.

[S급 일반 몬스터 자이언트 오우거를 성공적으로 처치하였습니다.]

[경험치가 상승합니다.]

[레벨이 1 상승합니다.]

'한 마리를 잡아서 레벨 업.'

강우는 눈앞에 떠오른 메시지창을 보고는 눈을 반짝였다.

일반적으로는 최소 65레벨 이상 플레이어가 파티를 꾸려 사냥하는 S급 게이트에서 40레벨 초반의 강우가 사냥을 하니 한 번에 막대한 경험치가 흘러들어 왔다.

'아주 좋아.'

무리를 해서라도 S급 게이트에 사냥 온 것이 좋은 선택이었다는 생각이 들었다. 만약 A급 게이트였다면 한 마리의 몬스터를 잡았다고 이렇게 단번에 레벨이 오르지는 않았을 것이다.

"강우, 다친 곳은 없어?"

자이언트 오우거가 쏟은 피에 온몸이 젖어 있는 강우를 향해 에키드나가 다가왔다. 그녀는 걱정스러운 표정으로 강우의 몸을 살폈다.

강우는 그녀의 머리를 가볍게 쓰다듬어 주며 대답했다.

"괜찮아. 조금 긁혔을 뿐이야."

자이언트 오우거의 몸에서 튕겨 나가지 않기 위해 창을 붙잡았던 손에 살짝 긁힌 상처가 나긴 했다. 하지만 고작 창대에 쓸려서 난 상처. 재생의 권능을 쓸 필요도 없는 생채기였다.

"내가 치료해 줄게."

에키드나는 그에게 작은 생채기가 난 것조차 마음에 들지 않는다는 듯이 그의 손바닥에 난 생채기를 혀로 핥기 시작했다.

"……."

간지러움과 함께 손바닥을 타고 묘한 감각이 전해졌다. 강우는 어색한 미소를 지으며 자신의 손을 핥고 있는 에키드나를 내려다보았다.

'그거 오우거의 뇌 속에 들어갔던 손인데.'

지금 그녀에게 말해주지 않는 것이 좋을 것 같은 정보였다.

"이제 괜찮아."

강우는 그녀에게서 손을 빼내며 말했다. 에키드나는 어딘가 아쉽다는 표정으로 그의 손을 바라보다가 조심스러운 목소리로 물었다.

"강우, 나 도움 많이 됐어?"

"그래."

대답을 망설일 이유가 없었다. 실제로 그녀는 자이언트 오우거 사냥에서 큰 도움이 됐으니까.

그의 대답에 에키드나는 해맑게 웃었다.

강우는 그런 그녀를 바라보며 잠시 생각에 잠겼다.

'본체로 현신하지 않아도 이 정도라니.'

만약 그녀가 본체로 싸운다면 S급 게이트에서 놀이사냥을 해도 괜찮을 것 같다는 생각이 들었다.

"강우와 이어지고 나서 엄청 강해진 기분이야."

에키드나는 자신의 몸을 신기하다는 듯이 내려다보았다.

처음 강우와 함께 잔 날 이후 엄청나게 힘이 강해진 것이 체감됐다.

"음……."

여전히 오해받기 좋은 단어를 골라 사용하는 에키드나의 모습에 강우는 곤혹스러운 표정으로 침음을 삼켰다.

"일단 다음 몬스터를 잡아볼까."

"응."

포식으로 오우거의 시체를 먹어치운 강우는 다음 사냥감을 찾기 위해서 몸을 움직였다.

"키에에에에에엑!!"

"저건……."

그때, 전투의 소리를 듣고 날아온 건지 와이번 무리가 나타났다. 와이번은 S급 몬스터는 아니었지만, 워낙 대규모로 무리를 지어 다니는 탓에 자이언트 오우거 이상으로 조심해야 할 몬스터라고 알려져 있었다.

'30마리 이상.'

강우는 이쪽을 향해 날아드는 와이번 무리를 바라보며 딱딱하게 표정을 굳혔다. 무리를 지은 와이번들은 자이언트 오우거를 가볍게 사냥할 수 있을 정도로 위협적인 존재였다.

"키이이이이익!!"

와이번들이 강우와 에키드나를 노리고 동시에 날아들었다.

음속에 가까운 무시무시한 낙하 속도.

강우는 에키드나를 끌어안은 채 재빠르게 와이번들의 공격을 피했다.

부우우욱!

"아……."

와이번들의 공격을 피하던 도중, 에키드나가 입고 있던 새하얀 원피스가 와이번의 날카로운 발톱에 걸려 찢겨져 나갔다. 에키드나의 표정이 새파랗게 질렸다.

"아, 아아……."

"우선 몸을 피하자."

강우는 주변을 가득 메운 와이번 무리를 바라보며 말했다. 하지만, 에키드나는 더 이상 그의 말을 들을 수 있는 상태가 아니었다.

"가, 강우가."

"응?"

"강우가 칭찬해 준 옷인데……."

그녀는 찢겨져 나간 원피스를 부여잡으며 부르르 몸을 떨었다. 무시무시한 기운이 그녀의 몸에서 폭발하듯 뿜어져 나왔다.

"강우가 칭찬해 준 옷인데!"

날카로운 외침과 함께 에키드나의 몸이 푸른색 빛에 휩싸였다. 3미터에 달하는 와이번들을 참새로 보이게 만들 만큼 거대한 용이 그 모습을 드러냈다.

"크르르륵?"

먹음직스러운 냄새를 쫓아 달려오던 와이번들은 당황하며 용으로 변신한 에키드나를 올려다보았다.

-크라라라라라!!

에키드나의 포효가 울려 퍼졌다. 드래곤이 내지른 포효에 겁에 질린 와이번들이 몸을 돌려 도망치기 시작했다.

우드득! 콰직!

도망치고 있는 와이번 무리를 향해 난폭하게 달려든 에키드나가 와이번 무리를 학살하기 시작했다. 자이언트 오우거를 어린아이처럼 사냥할 수 있는 대규모 와이번 무리가 에키드나 하나에게 무력하게 쓸려 나갔다.

"허…"

강우는 그 모습을 바라보며 허탈한 웃음을 흘렸다.

'나보다 강한 거 아니야?'

에키드나가 가진 힘은 그가 상상했던 것 이상이었다.

-크라아아아아!!!

분노에 찬 에키드나의 포효가 S급 게이트 안에 울려 퍼졌다.

[당신의 소환수가 A급 일반 몬스터 와이번을 처치하였습니다.]
[레벨이 1 상승합니다.]

"키에에에에엑!!"

와이번 무리들의 단발마의 비명이 그 뒤를 이어 울려 퍼졌다. 에키드나가 만들어 낸 검은색 낫과 불꽃, 가시들이 와이번 무리를 향해 비처럼 쏟아져 내렸다.

[당신의 소환수가 A급 일반 몬스터 와이번을 처치하였습니다.]
[레벨이 1 상승합니다.]

'잘한다!'

강우는 에키드나의 엄청난 활약상을 지켜보며 두 주먹을 굳게 움켜쥐었다. 동족의 위기를 감지한 다른 와이번 무리들이 증원을 왔지만, 분노에 찬 에키드나를 막을 수는 없었다.

'그렇지! 다 죽여 버려!'

강우는 그의 예상을 한창 뛰어넘는 힘으로 와이번들을 학살하고 있는 에키드나를 올려다보며 흡족한 미소를 지었다. 에키드나가 와이번들을 학살할 때마다 푸른색 메시지창이 그의 눈앞에 떠올랐고, 빠른 속도로 레벨이 오르기 시작했다.

"크으! 이게 소환수지!"

아무것도 하지 않으면서 놀고먹는 기둥서방의 기분을 제대로 느낀 강우는 짜릿한 전율에 몸을 떨었다.

부에르? 케로베로스? 그가 원래 소환하려던 마물들 따위는 비빌 수도 없을 정도로 에키드나의 힘은 강력했다.

'마기가 좀 많이 들긴 하지만.'

강우는 에키드나가 날뛸 때마다 쭉쭉 빠져나가는 자신의 마기를 느끼며 살짝 아쉬운 표정을 지었다.

처음에는 와이번 무리를 학살하는 에키드나를 보며 의아함을 느꼈다. 그가 상대했던 레이날드 파티에게 패배했다고는 생각할 수 없을 정도로 그녀가 강력했기 때문이었다.

하지만 에키드나가 움직일 때마다 자신의 마기가 숭텅숭텅 빠져나가는 것을 보고 알았다.

'내 힘을 받아들여서 저렇게 강한 거였군.'

강우는 그녀가 말했던 '이어졌다'라는 단어의 뜻을 실감했다. 확실히 그녀와 자신은 사역마와 그 주인의 관계처럼 영적인 단계에서부터 이어져 있었다.

'김시훈 때랑은 좀 달라.'

김시훈이 가진 힘의 근간은 마기가 아니었다. 내공이라는 고유 스탯이었다.

그에 비해서 에키드나는 강우와 같은 마기를 근간으로 삼았다. 즉, 같이 영적으로 이어진 주종 관계라고 하더라도 김시훈보다는 에키드나에게 줄 수 있는 것이 훨씬 더 많다는 의미.

-크라라라라라라!!!

쿠드드득! 우직!

'어쨌든 나쁜 일은 아니야.'

강우는 와이번 무리들을 거의 다 학살해 가고 있는 에키드나를 바라보며 눈을 반짝였다.

만약 부에르, 케로베로스와 같은 마물이 소환됐다면 아무리 그의 마기를 받아들인다고 해도 에키드나 정도로 강력한 모습을 보여주지는 못했을 것이다.

'기본적인 포텐셜이 차이 나니까.'

개미가 아무리 강해봐야 개미이듯, 생물이 선천적으로 가지고 있는 강함의 한계라는 것이 존재했다. 물론, 플레이어들이 판치는 이 세계에서 그 한계라는 것이 절대적인 것은 아니라고 할지라도 영향이 없을 수는 없었다.

'그런 의미에서 에키드나는 굉장하지.'

강우는 혹시 자신보다 강한 것이 아닐까, 하는 생각이 들 정도로 강력한 모습을 보여준 에키드나를 대견하다는 듯이 바라보았다. 일단 보여준 힘만 따지면 그가 소환수에게 기대한 것 이상의 모습을 보여주고 있었다.

'그리고……'

그녀가 자신의 힘을 가져가 저렇게 강해질 수 있다는 것은, 그의 성장에 에키드나도 영향을 받는다는 것과 같은 의미였다.

'내가 강해지면 강해질수록, 에키드나도 성장할 거야.'

성장 속도가 비약적으로 빠른 강우에게 있어서 그것은 꽤나 큰 장점이었다. 키가 커짐에 따라 자동으로 사이즈가 늘어나는 옷을 입은 듯한 감각.

[당신의 소환수가 A급 일반 몬스터 와이번을 처치하였습니다.]
[레벨이 1 상승합니다.]

청아한 방울 소리가 한 번 더 울려 퍼지며 갑작스러운 적막이 주변에 내려앉았다.

-후욱. 후욱······.

파괴의 시간이 끝났다. 와이번 무리를 모두 학살한 에키드나는 거친 숨을 몰아 내쉬었다. 그녀의 몸이 푸른빛에 다시 휩싸이더니 점점 작은 크기로 되돌아왔다.

"후윽······."

에키드나는 와이번의 발톱에 찢겨진 자신의 원피스를 바라보며 눈물을 글썽였다. 강우는 그런 그녀의 머리를 가볍게 쓰다듬으며 입을 열었다.

"괜찮아. 옷이야 얼마든지 다른 걸 살 수 있으니까."

"하지만······."

"에키드나에겐 뭐든 잘 어울릴 거야."

"······."

에키드니는 깅우의 위로에 비로소 눈물을 그쳤다.

강우는 살짝 딱딱한 목소리로 말을 이었다.

"하지만 앞으로 이런 일은 없었으면 좋겠어."

"웃……."

"난 분노에 못 이겨 이성을 잃어버리는 사람을 굉장히 싫어하거든."

단순히 좋아하고 싫어하고의 문제가 아니었다. 분노로 이성을 잃는 것은 전투에서 목숨을 잃을 수도 있는 치명적인 일이었다.

"미, 미안해……."

에키드나는 시무룩한 표정으로 고개를 숙였다. 그런 그녀가 살짝 불쌍하게도 느껴졌지만, 이 부분에 대해서 만큼은 웃으며 넘어갈 수 없었다.

'지금 확실히 해두지 않으면 언제 또 이럴지 모르니까.'

에키드나의 강함은 확실히 그에게 좋은소식이었다. 본신으로 돌아간 그녀가 와이번 무리를 쓸어버렸을 때는 뒤에서 응원까지 했을 정도였다. 하지만 그렇다고 해서 지금 한 일이 아무렇지 않게 여겨지는 것은 곤란했다. 결과가 좋다고 해서 모든 과정이 정당화되는 것은 아니었으니까.

"앞으로는 절대 그러지 마. 알았지?"

"응. 다음부터는 화내지 않을게."

에키드나는 혹시 이번 일로 강우에게 미움을 받을 수도 있다고 생각했는지 초조한 표정으로 고개를 끄덕였다. 애정 결핍 상태였던 그녀에게 있어서 강우는 다른 무엇으로도 대체할 수 없는 중요한 존재였다.

강우는 그런 그녀의 머리를 쓰다듬으며 말을 이었다.

"그래. 난 에키드나를 믿어."

"응. 나, 더욱 열심히 해서 강우의 도움이 될게."

에키드나는 두 주먹을 굳게 움켜쥐며 다음 사냥감을 찾아 힘차게 발걸음을 옮겼다. 그때, 발걸음을 내디딘 그녀의 몸이 크게 휘청거렸다.

"아……!"

"괜찮아?"

강우는 쓰러지는 에키드나를 재빨리 받아냈다. 그는 에키드나의 거칠어진 숨과 이마를 타고 흐르는 땀방울을 내려다보았다.

'무리했군.'

강우의 힘을 받아들여 원래 지니고 있던 걸 이상의 힘을 끌어 올린 대가였다.

"괘, 괜찮아. 아직 좀 더 움직일 수 있……."

"오늘은 여기까지. 쉬고 있어."

"하지만……."

"쉬고 있어."

단호한 그의 목소리에 에키드나는 흠칫 몸을 떨며 조심스럽게 고개를 끄덕였다. 강우는 근처 돌 위에 그녀의 몸을 눕히고는 자리에서 일어섰다.

"여기서 좀 누워 있어."

"강우는……?"

"난 따로 할 일이 좀 남아 있어서 말이지."

강우는 그렇게 말하며 에키드나에게 몸을 돌려 숲속으로 걸어 들어갔다.

"후우."

그의 입에서 짧은 한숨이 흘러나왔다. 적막이 내려앉은 숲속에서 쿵쿵거리는 폭음이 희미하게 들려왔다.

"다섯 마리 정도인가."

20여 미터에 달하는 거대한 드래곤이 날뛰었으니 다른 몬스터들의 어그로가 끌리지 않았을 리가 없었다. 강우는 이쪽을 향해 달려오고 있는 자이언트 오우거 다섯 마리의 기운을 느끼며 가볍게 몸을 풀었다.

'쉽지 않겠는걸.'

에키드나의 도움 없이 자이언트 오우거 다섯 마리를 동시에 상대하는 것은 조금 부담스러웠다.

"뭐, 간만에 무리를 좀 해볼까."

소환수가 사냥한 경험치를 아무것도 하지 않은 채 넙죽넙죽 받아먹기만 하는 것도 나쁘지 않았지만 가끔은 이렇게 직접 몸을 움직이는 것도 필요했다. 전투 센스라는 건 결국 계속 관리하지 않으면 무뎌지는 칼날과 같았으니까.

화르르르륵!

강우의 양손에 지옥불의 권능이 타올랐다.

그의 입가가 비틀어져 올라가며 강렬한 살기가 뿜어져 나왔다. 마기에 뒤덮여 있는 그의 모습에서는 더 이상 인간의 모습을 찾을 수 없었다.

쿠르르룽!!

포식자들의 포식자가 그 날카로운 이빨을 드러냈다.

"레벨이 많이 올랐네."

사냥이 끝난 후, 강우는 오늘 하루 성과를 체크하며 자신의 상태창을 바라보았다.

현재 그의 레벨은 49. 6차 각성이 이루어지는 50레벨까지 딱 한 걸음을 남겨둔 상황이었다. S급 게이트에서 사냥한 덕분에 하루 만에 41레벨에서 49레벨까지 폭풍 레벨 업에 성공한 것이다.

전례를 찾을 수 없는 레벨 업 속도. 아마 다른 플레이어가 들었다면 무슨 헛소리를 하느냐고 미친놈 취급을 할 정도로 경이로운 속도였다.

'애초에 40레벨에 S급 게이트에서 사냥을 할 수 있는 플레이어가 없을 테니까.'

그가 레벨에 비해서 말이 되지 않는 스탯과 능력을 가졌기 때문에 가능한 결과였다.

'마기도 두둑하게 챙겼고.'

강우는 사냥을 하기 전에 비해서 확연하게 불어난 마기를 느끼며 만족스러운 미소를 지었다. 마물에 비해서는 마기를 적게 주었지만 그래도 등급이 높은 몬스터이니만큼 꽤나 많은 마기를 쌓을 수 있었다.

"오늘은 이만 돌아갈까."

기왕 이렇게 된 거 6차 각성까지 찍고 가고 싶었지만, 슬슬 몸에 무리가 오기 시작했다.

'오늘만 날이 아니니까.'

이미 오늘 올린 레벨만 하더라도 다른 플레이어들이 믿지 못할 속도로 올렸다. 굳이 위험을 감수하면서까지 욕심을 낼 필요는 없었다.

"에키드나, 몸은 좀 괜찮아?"

"조금 지쳤지만 아까 전에 좀 쉬어둬서 괜찮아."

바위에서 쉬고 있던 에키드나는 중간부터 다시 강우와 합류해서 사냥을 도왔다. 괜찮다는 말과 달리 상당히 지쳐 보이는 그녀의 머리를 가볍게 쓰다듬으며 강우는 말했다.

"그럼 오늘은 이만 돌아가자."

"나는 더 사냥해도 괜찮아."

"나도 좀 지쳐서 그래."

"응…… 그렇다면 그만 돌아가자."

약간 안도감이 섞인 표정. 겉으로 표현하지는 않았지만 꽤나 무리하고 있었던 것 같았다. 한동안 에키드나의 머리를 쓰다듬어 주던 강우는 몸을 돌려 게이트 입구로 향했다.

"참, 가는 길에 옷도 하나 새로 사고 가자."

지금 그녀는 찢어진 원피스를 대신해서 강우가 입고 있던 외투를 입고 있었다. 에키드나는 눈을 반짝이며 고개를 끄덕였다.

"강우가 골라주는 거라면 뭐든 괜찮아."

"그래."

에키드나는 강우의 옷자락을 움켜잡으며 그의 뒤를 따랐다.

밖으로 나오니 쌀쌀한 밤공기가 그들을 반겼다. 강우는 스마트폰으로 주변 옷가게를 검색했다. 게이트 주변이라 그런지 옷 가게는 꽤나 떨어진 장소에 위치해 있었다.

강우는 지도에서 보이는 가장 빠른 길을 따라 옷 가게로 향했다. 그러자 인기척이 없는 으슥한 골목이 나타났다.

'여길 통과해서 3백 미터만 너 가면…….'

강우는 지도를 내려다보며 발걸음을 옮겼다.

"강우."

그때, 그의 뒤를 따라오던 에키드나가 옷자락을 잡아당겼다. 고개를 갸웃거리며 그녀를 뒤돌아보자 에키드나가 딱딱하게 굳은 표정으로 입을 열었다.

"피 냄새가 나."

◆ 2장 ◆
은밀한 동영상

"허억! 헉!"

강동훈의 입에서 거친 숨이 토해졌다. 그는 피에 젖은 티셔츠가 끈적하게 달라붙는 감각을 느끼며 힘겹게 발걸음을 옮겼다.

'단장님에게 연락해야 하는데……'

그는 품속에 있는 메모리 카드를 소중히 끌어안으며 절박한 표정을 지었다. 지금쯤 그를 찾고 있을 단장의 모습이 머릿속에 그려졌다. 찬란한 은발을 가진 눈부신 미녀. 화랑부대 3군의 단장을 맡고 있는 백화연의 얼굴이었다.

"쿨럭! 쿨럭!"

그의 입에서 붉은 피가 쏟아졌다. 강동훈은 입가에서 흐르는 피를 소매로 닦아내며 다시금 걸음을 옮겼다.

'어서 그놈들을 따돌려야 해.'

그는 정신을 혼미하게 만드는 고통을 참으며 거칠게 입술을 깨물었다. 자신의 뒤를 추적하고 있는 존재. 그들에 대한 상념이 몸을 무겁게 짓눌렀다.

"제길……."

그는 점점 더 흐릿해지는 의식 속에서 어렵게 발걸음을 옮겼다. 이대로 죽는 건 상관없었다. 하지만 지금 그가 가지고 있는 동영상. 이것을 백화연에게 가져다주지 않고 죽을 수는 없었다.

그만큼 이 동영상 안에 담긴 정보는 충격적이었으니까.

"……."

강동훈은 손톱만 한 크기를 가진 SD 카드를 가만히 내려다보았다. 이 동영상을 구하기 위하기까지의 일들이 주마등처럼 그의 머릿속을 스쳐 지나갔다.

'미친놈들.'

그는 악마교에서 봤던 일들을 떠올리며 표정을 일그러뜨렸다. 그들은 살아 있는 사람을 제물로 바치는 정신 나간 짓을 아무렇지도 않게 행하고 있었다.

문제는 그런 미친놈들이 한둘이 아니었다는 사실이었다. 단순한 사이비 종교라고 생각했던 악마교는 그의 생각보다 훨씬 더 큰 세력을 가지고 있었다.

강동훈은 그 광신도들 사이에 섞여 억지로 미친 척 연기를 하며 중요 정보를 캐내고 있었다. 그러던 중 충격적인 정보가 담긴 동영상을 촬영하는 데 성공할 수 있었다.

'거기까지는 좋았지.'

악마교는 내부의 비밀 유출을 막기 위해서 통신 장비를 반입하는 것을 엄격하게 금지하고 있었다. 만약 몰래 통신 장비를 반입하더라도 전파 방해 장치가 깔려 있어 그 안에서는 통신 자체를 할 수가 없었다. 그가 촬영한 동영상을 본부로 보내기 위해서는 직접 동영상 파일이 담긴 메모리 카드를 가지고 나와야 하는 상황.

"쿨럭! 쿨럭!"

강동훈은 입에서 피를 쏟아내며 그 자리에 주저앉았다.

그는 촬영한 동영상을 몰래 밖으로 가져 나가기 위해 동영상에 페이크 영상을 덮어씌웠다. 화랑부대에 있는 영상 해독기를 사용하지 않으면 본 내용에 대해서 알 수 없게 만들어주는 페이크 영상이었다.

성인 남자가 가지고 있어도 이상하지 않을 만한 동영상으로 원본 영상을 위장한 그는 자연스럽게 악마교를 빠져나와 접선지로 향하려고 했다. 문제는 거기서 발생했다.

'하필 그때 카메라를 들키다니.'

악마교도 중 하나가 그가 동영상을 촬영했던 몰래카메라를 발견해 버렸다.

그로 인해 원본 영상에 페이크 영상을 덮어씌워 의심을 피하려고 한 일이 모두 무용지물이 됐다. 애초에 '촬영했다는 사실' 자체가 들켜 버린 마당에 촬영한 동영상을 다른 영상으로 속이는 것이 아무런 의미가 없어진 것이다.

일이 틀어진 것을 깨달은 강도훈은 페이크 영상이 담긴 메모리 카드를 들고 도주했다. 추격자들이 따라붙었고, 격렬한 전투가 이어졌다. 빈틈을 노려 간신히 그들에게서 빠져나와 본부에 지원 요청을 했지만 이미 목숨이 경각에 달할 정도의 상처를 입은 터라 도주도 쉽지 않았다.

"하아, 하아……."

강동훈은 계속된 출혈로 점점 더 의식이 흐려지는 것을 느끼며 거친 숨을 몰아 내쉬었다.

슬슬 한계가 다가오고 있다는 것을 그는 직감적으로 느낄 수 있었다. 여기서 의식을 잃으면 자신이 얻어낸 정보는 뒤를 쫓아오는 추격자들에 의해 영영 사라져 버릴 것이다.

"단장님……."

그는 남은 힘을 쥐어짜 내며 으슥한 골목길을 기어가기 시작했다.

"피 냄새가 나."

그때, 그의 귓가에 소녀의 맑은 목소리가 들려왔다. 강동훈은 눈을 반짝이며 그 목소리가 들린 곳으로 움직였다.

　"허억! 허억!"

　으슥한 골목길 너머에서 거친 숨소리가 들려왔다. 강우는 그 숨소리에 섞인 짙은 혈향에 눈살을 찌푸렸다.

　'뭐지?'

　지금 그가 있는 장소는 게이트에서도 꽤나 떨어져 있었다. 이곳에 이런 짙은 혈향을 가진 사람이 갑작스럽게 나타날 이유가 없었다.

　강우는 숨소리가 들리는 방향으로 몸을 움직였다.

　"아, 으……"

　그곳에는 20대 중반으로 보이는 한 청년이 온몸에 피 칠을 한 채 바들바들 몸을 떨고 있었다. 강우를 발견한 그는 엉금엉금 바닥을 기어 강우에게 다가왔다.

　"이, 이걸… 부디……"

　그는 덜덜 떨리는 손으로 손에 쥔 작은 메모리 카드를 강우를 향해 내밀었다. 스마트폰에 사용하는 마이크로 SD 카드였다.

　"화르……"

툭.

무언가를 말하려던 그는 끝내 말을 잇지 못하고 그대로 바닥에 쓰러진 채 의식을 잃었다.

강우는 갑작스럽게 일어난 사태에 당황스러움을 느꼈다.

"뭐야 이건……?"

피 칠갑을 한 채 튀어나온 청년은 그가 뭐 손을 써보기도 전에 바로 쓰러져 버렸다. 강우는 주변을 두리번거리며 바닥에 쓰러진 청년을 향해 다가갔다.

'죽었어.'

이미 여기에 오기 전부터 상처가 심각했는지 정체불명의 청년은 바로 목숨을 잃고 말았다. 강우는 청년의 품을 뒤져 그의 신분을 확인할 수 있을 만한 것을 찾아봤다.

"흠……."

하지만 모든 주머니를 샅샅이 뒤져봐도 지갑은커녕 핸드폰조차 나오지 않았다. 청년의 신분을 확인할 수 있는 것이 아무것도 없는 상황.

'주시자의 권능으로 확인할 수 있으려나.'

강우는 주시자의 권능으로 김시훈의 상태창을 확인했던 것을 떠올리며 바로 주시자의 권능을 사용했다. 그의 몸에서 흘러나온 마기가 청년의 시체로 흘러 들어갔다.

[상태창]

플레이어명: 강동훈

레벨: 52 [6차 각성]

'6차 각성?'

꽤나 높은 레벨을 가지고 있는 플레이어였다. 가장 높은 특성도 A급으로 결코 낮지 않았다.

'일단 게이트에서 나온 게 아니란 건 확실하군.'

S급 게이트 출입허가증은 최소 60레벨, 7차 각성을 하지 않으면 발급되지 않았다.

'게이트에서도 보지 못했고.'

강우는 강동훈이 죽어가면서 남긴 SD 카드를 내려다보았다.

"결국 단서는 이것뿐인가."

강우는 SD 카드를 자신의 스마트폰에 끼워 넣었다. 안에는 하나의 동영상 파일이 들어 있었다.

강우는 버튼을 눌러 파일을 재생했다.

"이, 이건……!"

동영상을 본 강우의 두 눈이 부릅떠졌다.

질척한 물소리. 여인의 교성. 화면을 가득 채우는 살색의 향연. 죽어가는 청년에게 받은 메모리 카드에는 성인을 위한 동영상이 들어가 있었다.

'야동이잖아…….'

강우는 그의 상상을 아득히 초월한 지금 상황에 아연한 표정을 지었다. 죽어가는 청년이 온 힘을 다해 건네준 것이 야동이라니.

'이게 대체 무슨 일이야.'

강우는 혼란스럽다는 듯이 이마에 손을 짚었다. 기괴하기 짝이 없는 지금 상황에 헛웃음조차 나오지 않았다.

'아니, 왜 이딴 걸 죽기 직전에 넘겨준 거야?'

유품이라고 하기엔 지나치게 저급한 물건이었다.

'내가 뭘 잘못 본 건가?'

강우는 자신의 눈을 의심하며 다시 한번 동영상을 처음부터 끝까지 돌려 보았다. 하지만 다시 봐도 5분짜리 동영상의 내용은 살색의 향연 이외에 아무런 내용도 담겨 있지 않았다.

"……."

강우는 굳게 입을 다문 채 스마트폰의 화면을 내려다보았다. 그의 눈빛은 동영상에 담긴 진의(眞意)를 읽기 위해 날카롭게 빛나고 있었다. 그는 한 번 더 동영상을 처음부터 재생했다.

"흠……."

다시 한번 더.

"크흠."

그리고 또 한 번 더.

"허어……"

멈추지 않고 계속.

"이것 참."

강우의 입꼬리가 자연스럽게 올라갔다. 그는 흐뭇한 표정으로 동영상에 나오는 여인을 바라보았다.

"좋군."

만 년. 무려 만 년만이었다. 만 년 만에 보는 야동이었다.

"아주 좋아."

체면이고 나발이고 지금 그에게는 아무것도 중요하지 않았다. 강우는 화면 안으로 들어갈 정도로 주의를 기울여 영상을 바라보았다.

'굉장해.'

강우는 살색의 향연이 가득한 동영상을 보며 눈을 반짝였다. 영상을 보는 것만으로 몸이 뜨끈하게 달아오르는 감각이 느껴졌다.

"강우, 그게 뭐야?"

에키드나는 고개를 갸웃거리며 그의 옷자락을 잡아당겼다.

"아주 중요한 단서가 담긴 영상이야."

강우는 그 어떤 때보다 진중한 목소리로 말했다.

"중요한 단서?"

"그래. 인체의 신비랄까… 생명 탄생의 기적이랄……"

한창을 야동에 대해 찬사를 늘어놓고 있을 때였다.

저벅, 저벅.

"어이."

그때, 강우와 에키드나 주변을 정체불명의 사내들이 둘러쌌다. 어두운 복장을 한 그들의 눈빛에는 흉포한 광기가 일렁이고 있었다.

"……"

강우는 자신의 주변을 둘러싼 사내들을 바라보며 스마트폰을 품에 집어넣었다. 그들에게는 짙은 살기가 풀풀 풍겨 나오고 있었다.

'뭐야, 이놈들은 또?'

강우는 얼굴을 찌푸렸다.

그런 그에게 얼굴 한쪽이 화상으로 일그러진 한 사내가 다가왔다. 그는 바닥에 쓰러진 강동훈의 시체와 강우를 번갈아 보며 낮은 목소리로 입을 열었다.

"네놈, 그 영상을 봐버렸군."

"…뭐?"

강우는 당황스러운 표정으로 그들을 바라보았다. 어두운 복장을 하고 있는 사내가 낄낄 웃음을 터뜨리기 시작했다.

"모른 척해도 소용없어. 네가 그 영상을 봤다는 건 알고 있다."

"아니 보긴 했는데……"

"그 영상을 본 이상 널 살려둘 순 없다."

"뭔 소리야?"

강우는 어처구니없다는 듯이 그들을 바라보았다.

그런 그의 태도에 화상을 입은 사내는 가소롭다는 듯이 코웃음을 쳤다.

"흥. 그걸 보고도 모른 척을 하는 거냐."

'뭐야.'

"뻔뻔한 놈이로군. 아니, 단순히 멍청한 건가?"

'뭔데?'

"어쨌든 그 영상을 본 이상 네놈을 살려둘 순 없다."

'왜 이렇게 야동에 집착하는 거야?'

강우는 지금 상황이 이해 가지 않는다는 듯이 고개를 두리번거렸다. 어두운 복장을 한 사내들은 각자 무기를 꺼내며 섬뜩한 살기를 뿜어냈다.

"……."

저 사내들이 왜 이렇게 이 영상에 집착하는지는 알 수 없었다. 하지만 확실한 건, 저들의 목적이 자신에게서 이 동영상을 빼앗는 것이란 사실.

강우의 눈이 날카롭게 빛났다. 그는 품속에 넣어둔 스마트폰을 살며시 움켜잡으며 낮은 목소리로 말했다.

"미안하지만 이건 넘겨줄 수 없다."

"흥, 드디어 본색을 드러내는군."

사내들은 그럴 줄 알았다는 듯이 꺼내 들은 무기를 강우에게 겨눴다. 그리고 강우는 강렬한 의지로 타오르는 눈빛으로 그들을 노려보았다.

'무슨 일이 있어도 이 동영상만큼은 내가 지킨다.'

목숨을 바쳐서라도!

"죽여!"

강우를 둘러싼 사내들은 살기를 뿜어내며 동시에 그를 향해 달려들었다.

'열두 명.'

몸을 숙여 자세를 취한 강우는 재빠르게 주변을 둘러싼 사내들의 숫자를 파악했다.

"하압!"

가장 선두에서 달려들던 사내가 기합과 함께 검을 내려찍었다.

까앙!

"어엇?"

강우의 검과 부딪힌 사내의 몸이 형편없이 뒤로 튕겨져 나갔다. 그는 믿을 수 없다는 듯이 강우와 자신의 검을 번갈아가며 바라보았다.

그런 표정을 지은 것은 그 사내만이 아니었다.

"하아아압!"

강우는 그의 등을 노리고 내려 찍히고 있는 도끼를 가볍게 피하며 몸을 반바퀴 돌렸다. 신속의 권능이 발동되며 그의 몸이 엄청난 속도로 주변을 누볐다.

'철벽의 권능.'

칼날의 권능을 거둬들인 강우는 그를 대신하여 철벽의 권능을 양 주먹에 집중시켰다. 그의 주먹에 검은색 기운이 맴돌며 단단한 권갑의 형태를 만들어냈다.

신속과 철벽의 조합. 빛살처럼 빠르며, 포탄처럼 강력한 위력을 가진 그의 주먹이 사내들을 휩쓸었다.

퍼억!

"커헉!"

주먹에 맞은 사내의 몸이 공깃돌처럼 가볍게 뒤로 튕겨 나갔다.

우득!

"아아악!"

무기로 주먹을 막아도 무용지물. 신속의 권능으로 인해 엄청난 속도를 갖게 된 강우는 살짝 몸을 비틀어 상대가 미처 막지 못한 부분을 후려쳤다.

뼈가 으스러지는 소리와 함께 사내의 몸이 바닥을 굴렀다.

"이게 무슨……."

"대체 어디서 저런 놈이……."

순식간에 세 명이 나가떨어지자 사내들의 표정에 당황스러움이 서렸다.

그들은 결코 약하지 않았다. 모두 5차 각성을 마친 플레이어였고, 그들을 이끌고 있는 리더는 6차 각성의 실력자였다. 높은 등급의 특성 없이는 레벨 올리기가 쉽지 않은 플레이어 세계에서 그들은 분명 강자였다. 게다가 한 명이 아닌 열두 명. 만약 상대가 '노력의 끝'이라는 59레벨의 벽을 뚫고 7차 각성을 이뤄냈다고 해도 이렇게 압도적인 모습을 보일 수는 없었다.

"서, 설마 8차?"

"그, 그럴 리가."

사내들은 믿을 수 없다는 듯이 다시금 무기를 움켜쥐고 강우에게 달려들었다. 하지만 결과는 다르지 않았다. 아니, 오히려 전보다 더 나빴다.

콰득! 촤악!

"아아아아악!!"

팔다리가 하나씩 잘려 나간 사내들이 검붉은 피를 뿜어내며 비명을 내질렀다. 활활 타오르는 불을 향해 달려드는 부나방과도 같은 허무한 모습. 정교한 기술도, 치밀한 심리전도 필요 없었다. 강우는 압도적인 스피드와 힘만으로 그들을 찍어 눌렀다. 사지가 멀쩡한 사내들의 숫자는 순식간에 절반으로 줄어버렸다.

"괴, 괴물……."

사내들의 표정에 공포가 서리기 시작했다. 압도적인 힘의 격차. 일방적인 폭력에 그들의 전의가 꺾여 나갔다.

리더로 보이는 자가 거칠게 표정을 일그러뜨리며 입을 열었다.

"…다들 힘을 개방해라."

"하, 하지만 단장님."

"어차피 이대로는 모두 죽는다!"

사내의 일갈에 그들의 표정이 딱딱하게 굳었다.

'뭘 하려는 거지?'

강우는 힘을 개방한다는 그들의 말에 눈살을 찌푸렸다.

그의 의문은 얼마 지나지 않아 자연스럽게 풀렸다. 사내들이 알 수 없는 언어로 주문을 읊조리자 그들의 몸에서 마기가 뿜어져 나왔기 때문이었다.

'마기.'

강우의 눈이 가늘어졌다. 그들이 마기를 사용한다는 사실이 의미하는 것은 하나였다.

'악마교 놈들이었어?'

그들이 왜 이런 동영상 하나에 목을 매는지 점점 더 알 수 없어졌다.

'내가 놓친 비밀이라도 있는 건가?'

강우는 5분짜리 영상을 머릿속으로 떠올리며 생각에 잠겼다. 하지만 아무리 영상을 되짚어 생각해 봐도 생명 탄생의 비밀 이외에 다른 내용은 없었다.

"크으으으으!"

마기를 사용한 사내들의 표정이 거칠게 일그러졌다. 혈관이 흉측하게 부풀어 오르며 눈빛이 붉은빛으로 물들고, 피부가 검은색으로 변하며 근육이 폭발적으로 팽창하기 시작했다.

"호오."

강우는 그런 그들의 모습을 지그시 바라보며 흥미롭다는 듯이 눈을 반짝였다.

'신체가 악마로 변하고 있어.'

분명 방금 전까지만 하더라도 강우조차 눈치채지 못할 정도로 인간에 가까웠던 그들이 점점 더 악마에 가깝게 뒤바뀌고 있었다.

'하지만.'

강우의 눈이 가늘어졌다.

'저급하군.'

저급하다. 그 이상의 표현을 찾을 수가 없었다.

마기를 받아들인 이상 신체가 악마에 가깝게 변질되는 것은 필연이었다. 하지만 거기서 강우처럼 멀쩡한 인간의 형상을 한 채로 악마로 변하는 것과 저들처럼 흉측한 악마의 형상이 되는 것. 둘은 큰 차이가 있었다.

악마의 신체는 욕망의 고양을, 욕구의 지속을 불러일으킨다. 얼핏 들으면 큰 문제가 아닌 것처럼 들리지만 사실 그 욕망의 고양을 인간이 견뎌내는 것은 쉽지 않았다. 전신에 퍼지는 힘에 취해, 그 욕망에 모든 이성이 잡아먹히게 되는 순간.

'악마가 아닌 마물이 되어버리지.'

강우는 더 이상 인간이라고 볼 수 없을 정도로 그 형태가 바뀐 사내들을 차가운 눈빛으로 바라보았다.

욕망에 패배한 이성, 마기에 잡아먹힌 인간의 말로. 무협을 비유로 들자면 그들은 마공에 미친 광인이었고 강우는 그 마공을 완벽하게 다루고 있는 절대고수라고 할 수 있었다.

"쯧, 이렇게 되면 왜 그렇게 이 영상에 집착하는지 물어볼 수 없잖아."

강우는 가볍게 혀를 차며 괴물로 변한 사내들을 바라보았다. 이성이 완전히 잡아먹혔기 때문에 지금 상태에서는 공포의 권능을 사용해도 그들에게서 정보를 캐낼 수가 없었다.

"그르르르!"

검은색 피부에 붉은 눈을 가진 거인으로 변한 사내들이 무기조차 내팽개친 채 강우를 향해 돌진했다.

그런 강우의 앞을 에키드나가 막아섰다.

"강우에게 손대게 하지 않아."

방금 강우가 쓸어버렸던 사내들과 달리 지금 저 괴물들에게서는 꽤나 위협적인 기운이 느껴졌다. 본능적으로 그들에게서 위험을 감지한 에키드나는 강우를 지키기 위해 그의 앞을 막아섰다. 그녀에서 뿜어져 나오는 강렬한 기세에 악마들이 일순 몸을 움츠렸다.

"에키드나."

"…강우?"

에키드나는 자신의 어깨를 잡은 채 뒤로 끌어당기는 강우를 바라보며 걱정스러운 표정으로 말했다.

"강우, 위험해. 다칠 수도 있어. 여기서는 내가……."

"너는 나에 대해서 아직 잘 모르겠지만 말이야."

강우는 앞으로 걸어나가며 입가를 비틀어 올렸다.

"적어도 나보다 이놈들을 잘 상대할 수 있는 사람은 없어."

만 년이라는 아득한 시간. 그는 만마의 군주가 되기까지 정말로 수많은 악마와 싸웠고, 잡아먹었다. 단언컨대 그보다 악마를 잘 상대할 수 있는 존재는 이 세계에 없었다.

철컥.

강우는 손등에서 마기의 칼날을 뽑아내며 침착하게 그들의 움직임을 살폈다. 악마로 변한 사내들이 강우를 노리고 달려들었다.

폭발적으로 높아진 신체 능력 때문일까. 그들이 땅을 박찰 때마다 단단한 콘크리트 바닥이 깊게 눌러앉았다.

"크르르르!"

강우는 가벼운 동작으로 그들의 공격을 피하며 칼날을 한 악마의 가슴 사이에 쑤셔 넣었다. 30센티미터 정도 되는 칼날이 그의 가슴에 깊게 틀어박혔다. 인간이라면 한 번에 죽어도 이상하지 않을 상처였다.

'하지만 악마라면 얘기가 다르지.'

그들의 신체는 인간과는 차원이 다른 재생력을 가지고 있었다. 강우는 가슴에 깊게 박아 넣은 칼날에 마기를 불어 넣었다.

콰드드득!

악마의 가슴에 박힌 칼날이 그 내부에서 팽창하며 몸을 갈가리 찢어버렸다. 검붉은 피가 분수처럼 쏟아져 나왔다.

'이 정도는 돼야 죽지.'

강우는 바닥에 흩뿌려진 살점 덩어리를 아무 감정이 담기지 않는 눈빛으로 내려다보며 계속해서 몸을 움직였다.

촤악! 콰드득!

"크아아아아!!"

강우가 한 번 몸을 움직일 때마다 고통에 찬 악마들의 괴성이 흘러나왔다.

사내들이 기껏 비장한 각오로 마기의 힘을 개방한 것과는 별개로 전투 양상은 조금도 변하지 않았다. 아니, 오히려 그들에게서 정보를 더 빼낼 수 없겠다고 판단한 강우의 움직임 때문에 한층 더 처참한 상황이 펼쳐졌다.

"크으, 아아."

욕망에 이성이 집어삼켜진 악마들조차 공포를 느낄 정도였다. 그들의 본능이 비명을 지르고 있었다.

저것은 사냥감이 아니다. 저것은 먹잇감이 아니다. 하찮은 미물에 불과한 그들이 감히 상대할 수 있는 존재가 아니다. 저것은, 아득히 높은 곳에서 그들을 지배하는 절대자다.

"크아아아아!"

악마들이 괴성을 내지르며 도망치기 시작했다. 강우는 사방으로 흩어져 도망치려고 하는 그들을 바라보며 짙은 미소를 입가에 지었다.

"도망치기는 이미 늦었지."

강우는 오른손을 천천히 앞으로 내밀었다. 강렬한 마기가 그의 전신에 끓어올랐다. 손등에서 뽑혀 나왔던 칼날이 살아 있는 생명처럼 스스로 몸을 움직여 바닥으로 파고들었다.

'칼날의 대지.'

콰드드드드득!

단단한 콘크리트 바닥을 박살 내며 수백, 수천 개의 칼날이 솟구쳐 올랐다. 그러곤 파도가 밀려드는 것처럼 빠른 속도로 퍼져 나가 도망치는 악마들을 덮쳤다. 바닥에서 솟구친 그들의 몸이 수십 조각으로 난자당해 흩뿌려졌다.

"후우."

모든 악마를 쓸어버린 강우는 가볍게 숨을 고르며 품속의 스마트폰을 다시 꺼내 들었다.

"대체 이게 뭐기에……."

그는 스마트폰을 꺼내 다시 한번 동영상을 재생해 보았다. 질척이는 소리와 여인의 교성 소리가 다시 한번 들려왔다.

"흐음."

강우의 표정이 일그러졌다.

'아무리 봐도 야동인데.'

그가 이해할 수 없다는 표정으로 화면을 내려다보고 있을 때였다.

쿠웅!

"여기 맞아?"

"그렇다! 분명 이쪽에서 신호가……."

차연주와 백화연이 무시무시한 속도로 이쪽을 향해 달려오는 것이 보였다.

'차연주?'

강우는 갑작스러운 그녀의 등장에 어리둥절한 표정을 지었다.

"강우……?"

차연주 또한 강우가 이곳에 있다는 것이 믿어지지 않는다는 듯이 두 눈을 부릅떴다.

"어, 어떻게 여기에?"

"그건 내가 할 소리야. 여긴 무슨 일이야?"

"아……!"

그제야 차연주는 자신이 온 목적을 떠올렸다는 듯이 다급하게 고개를 돌렸다.

"강우, 혹시 여기서 동영상이 담긴 메모리 카드 본 적 없어?"

"설마 이거?"

강우가 스마트폰용 메모리 카드를 내밀자 차연주의 눈이 반짝였다.

"맞아, 그거야!"

"그런데 이런 게 왜……."

"아주 중요한 동영상이 담긴 메모리 카드야."

"…뭐?"

강우는 아연한 표정으로 그녀를 바라보았다.

차연주는 진지한 눈빛으로 말을 이었다.

"나한테 반드시 필요한 거야."

"…이게?"

강우는 딱딱하게 굳은 채로 그녀를 바라보았다.

차연주는 망설임 없이 고개를 끄덕이며 대답했다.

"지금 바로 써야 하니까 빨리 줘."

"……."

강우는 손에 쥔 메모리 카드를 내려다보며 가늘게 몸을 떨었다. 그 안에 담긴 영상이 그의 머릿속에서 자연스럽게 떠올랐다.

'지금 바로 쓴다고? 뭐 하는데 쓸 건데?'

"…알았어."

강우는 얼떨떨한 표정으로 그녀에게 메모리 카드를 내밀었다.

'동영상에 뭔가 비밀이 있긴 한 모양인데.'

아무리 생각해도 그녀가 진짜 야동을 목적으로 이런 말을 하는 것은 아닐 것 같다는 생각이 들었다.

강우에게서 메모리 카드를 받아든 그녀는 잠시 고민에 잠긴 표정으로 메모리 카드를 내려다보더니 천천히 입을 열었다.

"이왕 이렇게 된 거 강우 너도 같이 보자. 결국 너도 알아야 할 내용일 테니까."

'아니, 이미 알고 있는 내용인데.'

이 동영상에 무언가 다른 정보기 담겨 있다는 확신이 섰으나 지금 당장은 기분이 묘해지는 말이었다.

"화연아, 그 요원 쪽은 어때?"

"…죽었다."

어지럽게 널브러진 시체들을 뒤지던 백화연이 무겁게 가라앉은 표정으로 말했다.

그녀는 강우에게 다가와 낮은 목소리로 물었다.

"혹시… 어떻게 된 일인지 들을 수 있겠나?"

"저도 뭐가 어떻게 되고 있는지 잘 모르겠네요."

강우는 가벼운 한숨을 내쉬며 처음 메모리 카드를 건네준 청년을 만났을 때부터 지금까지 일어났던 일을 그녀에게 설명했다.

"그 메모리 카드를 받자마자 저들이 습격해 왔다고?"

"그렇습니다."

"…정말 우연히 사건에 연루된 모양이군."

백화연은 머리가 아프다는 듯이 흐트러진 은발을 쓸어 올렸다.

"그보다 저도 좀 알고 싶네요. 대체 무슨 일입니까?"

"우선 영상을 보고 사정을 설명해 주겠네."

"아, 맞다. 그 영상 말입……."

강우의 말이 이어지기 전에, 골목에서 묘한 교성이 울려 퍼졌다. 차연주가 자신의 스마트폰에 메모리 카드를 넣고 영상을 재생한 것이다.

"이, 이게 뭐야……."

차연주는 그녀의 머리칼처럼 붉게 달아오른 얼굴로 말을

더듬었다. 그녀에게 디가간 백화연이 동영상을 자세히 살펴보았다.

"페이크 영상이군. 이건 본부에 있는 영상 해독기로 보지 않으면 본 내용을 알 수 없다."

"아니, 왜 이런 걸 페이크 영상으로 쓰는 거야!"

새빨갛게 달아오른 얼굴로 차연주가 소리쳤다.

백화연은 덤덤한 표정으로 말을 이었다.

"이런 영상이기 때문에 페이크로서 의미가 있지 않은가? 실제 본부대에서도 페이크 영상으로 성인 동영상을 추천하고 있다. 강동훈 요원은 부대에서 배운 대로 했을 뿐이다."

"아, 아니 잠깐. 그렇다는 얘기는……."

차연주는 다급한 표정으로 강우에게 고개를 돌렸다.

"너, 너 아까 이 동영상 봤지."

"그래."

"근데 왜 아무 얘기도 안 하는데!"

"아니 지금 바로 써야 한다기에……."

"쓰긴 뭘 써!"

그녀는 홍당무처럼 붉어진 얼굴로 소리쳤다. 동영상의 진실에 대해 알게 된 강우는 피식 웃음을 흘리며 입을 열었다.

"안 그래도 나도 과연 뭐에 쓸지 궁금하던 차였어."

"이, 이 자식이……."

그녀는 차오르는 수치심에 몸을 부들부들 떨었다. 하지만 그에게 뭐라고 할 수는 없었다. 성급하게 메모리 카드를 받자마자 재생한 것은 다름 아닌 그녀였으니까.

"그래서, 대체 어떻게 된 일이야? 그 동영상이 뭐길래 그런 거야?"

"하아……."

무언가 말하려던 차연주는 이내 깊은 한숨을 내쉬며 사정을 설명했다.

그리고 설명이 이어질수록 강우를 궁금하게 만들었던 의문들이 하나씩 풀려 나가기 시작했다.

"그러니까, 악마교 내부에 잠입해 있던 정부 요원과 오늘 접선하기로 했는데 그게 틀어진 거라고?"

"그래. 구조 신호를 받고 주변을 샅샅이 뒤졌는데도 어디 있는지 찾을 수가 없었어. 그러던 중에 마지막 신호를 받고 바로 달려온 곳이 여기야."

"흐음. 그렇다는 건 저 메모리 카드에는 악마교에 대한 정보가 들어 있던 거였군."

사내들이 갑자기 그를 죽이려고 했던 이유도, 차연주가 중요한 영상이라고 달라고 했던 것도 이제야 이해가 되기 시작했다.

'그래서 오늘 게이트를 지키던 화랑부대원들이 잘 보이지 않았던 거였군.'

화랑 1군이 주둔하는 화서역 근처에서 접선할 예정이었던 것만큼 그들도 지원 병력으로 파견되었을 가능성이 컸다.

"맞아. 그, 그러니까 야동 때문에 그렇게 말한 건 아니라고! 알겠지?"

"알았어. 그렇게 흥분하지 마."

차연주는 어지간히 부끄러웠는지 강우의 멱살을 움켜쥐며 소리쳤다. 그런 그녀에게 에키드나가 다가와 멱살을 잡고 있는 그녀의 손을 억지로 떼어냈다.

"강우에게 함부로 굴지 마."

에키드나는 강우의 허리를 끌어안으며 경계심 어린 표정으로 그녀를 노려보았다.

"이 애는……."

"내가 전에 말했던 소환수야."

"아, 이게 그 드래곤이야?"

차연주는 신기하다는 듯이 에키드나를 위아래로 살폈다. 드래곤이라는 느낌은 조금도 들지 않는, 그저 인형 같은 외모의 소녀라고밖에는 생각되지 않았다.

"진짜 네 소환수 맞아? 엄한 짓 한 거 아니지?"

"사람을 어디까지 쓰레기로 보는 거야."

"아… 뭐, 아무리 그래도 그런 짓을 할 놈은 아니지."

차연주는 납득했다는 듯이 고개를 끄덕였다.

"넌 그런 저급한 쓰레기가 아니라 좀 다른 종류의 쓰레기니까."

"…칭찬이야, 욕이야?"

강우는 어처구니없다는 표정으로 그녀를 바라보았다.

옆에 있던 에키드나가 차연주를 노려보며 입을 열었다.

"그 말 취소해."

"웃……."

"강우는 쓰레기가 아니야. 내 소중한 사람이야."

"그, 그게……."

"취소하지 않으면 가만히 있지 않을 거야."

에키드나는 마기를 풀풀 피어 올리며 말했다. 인형 같은 외모의 소녀가 내뱉는 말에 차연주는 곤혹스러운 표정으로 뒤통수를 긁적였다.

"알았어. 취소할게."

"…그럼 됐어."

에키드나는 마기를 뿜어내던 것을 멈추고는 끌어안은 강우의 몸에 머리를 묻었다. 강우는 자신에게 뺨을 비비는 그녀의 머리칼을 가볍게 쓰다듬어 주었다.

차연주는 그런 그의 모습에 어처구니없다는 듯이 헛웃음을 흘렸다.

"대체 무슨 수를 쓴 거야?"

"두터운 인망과 깊은 배려심 덕분이지."

"헛소리하지 마."

차연주는 질린다는 표정으로 그에게서 고개를 돌렸다.

주변 상황을 정리하던 백화연이 차연주와 강우가 있는 곳으로 걸어왔다.

"일단 지금 바로 본부로 가지. 그곳에서만 이 영상을 해독할 수 있다."

"알았어. 강우 너도 갈 거지?"

"뭐, 이렇게 된 이상 빠지기도 애매하지."

강우는 어깨를 으쓱이며 백화연의 뒤를 따라 걸었다.

화랑부대의 본부는 그리 멀리 떨어지지 않은 장소에 있었다. 백화연을 따라 들어간 본부는 으리으리했던 플레이어 관리소와는 달리 담백한 느낌이 드는 건물에 위치해 있었다.

"오셨습니까, 백화연 단장님!"

백화연이 본부 안으로 들어가자 화랑부대의 제복을 입은 플레이어들이 우르르 달려 나와 깍듯이 허리를 숙였다.

백화연은 무거운 표정으로 고개를 끄덕이며 입을 열었다.

"강동훈 요원이 순직했다. 유족에게 연락은 내가 하겠으니

사후 보상 처리를 부탁한다."

"아⋯⋯."

"그는 국가유공자다. 결례가 되는 일이 없도록 유족들을 모
셔라."

"알겠습니다!"

백화연은 주변을 두리번거리며 말을 이었다.

"장현재 단장님은 어디 계시지?"

"현재 일본 SS급 게이트 조사에 파견 나가셨습니다."

"흠⋯⋯."

장현재. 그녀의 상관이자 화랑 1군을 책임지고 있는 화랑부
대 최고 권력자였다. 국내에서는 백강현을 제외하고는 대적할
자가 없다고 알려진 강자.

'단장님이 계셨더라면⋯⋯.'

백화연은 깊은 한숨을 내쉬었다. 그가 있었다면 강동훈 요
원이 임무 중에 죽는 일도 생기지 않았을 것 같다는 후회가 밀
려왔다.

"조사실로 가겠다. 영상 해독기를 가지고 오도록."

"예!"

백화연은 강우와 차연주를 이끌고 조사실로 향했다.

야동을 영상 해독기로 조정한 후에 틀자 어두운 배경의 방
이 나타났다. 영상에 가장 먼저 보인 대상은 붉은 악마 가면을

쓰고 있는 정체불명의 사내였다.

'붉은 악마 가면.'

영상을 바라보는 강우의 눈이 반짝였다. 조덕현에게 들었던 말들이 그의 머릿속을 스쳐 지나갔다.

'저자가 악마교를 전도하고 다니는 그놈인가.'

강우는 날카롭게 눈을 빛내며 영상을 바라봤다.

-추기경님.

-말해라.

어두운 방 안으로 들어온 한 사내가 그의 앞에 무릎을 꿇었다. 얼굴 전체에 기하학적인 문양의 문신을 새긴 사내였다.

그는 공손한 태도로 추기경이라고 불린 가면 사내의 발아래 머리를 조아리며 덜덜 떨리는 목소리로 말을 이었다.

-'소환' 준비가 거의 끝나가고 있습니다.

-얼마 정도 기다리면 되지?

-4주⋯⋯. 빠르면 3주 안에도 가능할 것 같습니다.

-3주라.

붉은 가면의 사내는 3주라는 말에 천천히 고개를 끄덕였다.

-생각보다 빠르군. 지원을 받은 건가?

-예. 역시 대형 길드라 그런지 건네준 제물이 대부분 B등급 이상의 특성을 가진 플레이어였습니다.

-좋군.

-흐흐흐. 저희의 염원이 이뤄질 순간도 머지않았습니다.

-이제 막 첫걸음을 디딘 것에 불과하다. 아직 진정한 목적을 이루기까지는 멀었어.

-하지만 이번 일이 성공적으로 끝난다면 교단에서도 더 큰 지원을……:

-거기까지.

붉은 가면의 사내가 낮은 목소리로 말을 끊었다. 가면 사이로 보이는 그의 눈빛이 섬뜩하게 빛났다.

-소환의 준비가 완전히 끝날 때까지 되도록 말을 삼가라.

-예……!

붉은 가면 사내의 말에 바닥에 머리를 조아린 사내가 깍듯하게 대답했다.

영상은 그 장면에서 끊어졌다.

"……."

무거운 침묵이 조사실 안에 내려앉았다.

백화연과 차연주는 딱딱하게 굳은 표정으로 동영상이 꺼진 빔 프로젝터의 화면을 바라보았다.

"흠."

강우 또한 눈살을 찌푸리며 짧은 동영상에서 얻어진 정보들을 머릿속으로 정리했다.

'추기경, 소환 그리고 대형 길드.'

동영상을 통해서 얻을 수 있던 정보는 세 가지.

첫째. 붉은 가면의 사내가 '추기경'이라고 불린 것을 보아 그 위의 세력이 더 존재한다는 것.

둘째. 그들이 무언가를 지구에 소환할 준비를 하고 있다는 것.

셋째. 그들을 지원해 주고 있는 대형 길드가 있다는 것.

"…지금으로서는 대형 길드를 조사하는 방법밖에 없겠군."

"응?"

강우의 중얼거림을 들은 백화연이 놀랍다는 표정으로 그를 돌아보았다.

"왜 그렇게 생각하는 건가?"

"일단 스파이가 있다는 사실이 들켰으니 소환 계획에 대해서는 저쪽에서 필사적으로 숨기겠죠. 현 단계에서 그들의 본 교단에 대한 단서를 찾을 수도 없습니다. 그렇다면 남은 건 그들을 지원해 주고 있다는 대형 길드를 찾는 방법밖에 없어요."

"허⋯⋯."

짧은 시간에 생각했다고 하기에는 너무나도 자연스럽게 흘러나오는 그의 말에 그녀는 탄성을 흘렸다.

"자네 이쪽에 관련된 일이라도 하고 있는 건가?"

전략가 혹은 분석가. 그런 직종의 사람이 아니라면 이렇게 빠르게 상황을 파악하고 제안을 제시할 수 있는 사람은 많지 않았다.

"아니, 그냥⋯ 원래 저런 놈이야."

강우에게 다가온 차연주가 살짝 질린다는 표정으로 그를 바라보았다. 강우는 처음 그녀와 만났을 때부터 짧은 대화만으로 그녀가 접근한 의도부터 상황까지 순식간에 파악한 인간이었다.

"그래서, 어떻게 하는 게 좋을까?"

차연주는 그런 그의 능력을 인정하며 향후 대책에 대해서 물었다.

"뭐, 지금 할 수 있는 건 하나밖에 없지."

강우는 나지막한 목소리로 말을 이었다.

"한울, 레드로즈, 온누리, 미르, 사나래. 연주 네가 있는 레드로즈 길드를 제외한 다른 네 길드 중 하나가 악마교와 연줄이 있을 거야."

"그건 나도 알고 있어. 하지만 구체적으로 누가 연줄이 있는지 알 수 있는 방법이 없잖아."

대형 길드의 세력은 정부에서도 함부로 건드릴 수 없을 만큼 막강했다. 조사하고 싶어도 마음대로 조사를 할 수가 없는 것이다.

"방법이 하나 있지."

"무슨 방법……?"

"그건."

강우는 입가에 짙은 미소를 지으며 말을 이었다.

◆ 3장 ◆
미끼를 물어버렸구만

"미끼를 뿌리는 거야."

"미끼?"

그의 말에 차연주는 고개를 갸웃거렸다.

"그게 무슨 말이야?"

"악마교 놈들이 높은 등급의 특성을 가진 플레이어들을 제물로 노리고 있다는 건 알고 있지?"

방금 영상에서 얼굴 전체에 문신을 한 사내는 '역시 대형 길드라서 그런지 제물로 지원해 주는 플레이어가 B등급 이상의 특성을 가지고 있다'라고 말했다. 그것은 그들이 높은 등급의 특성을 가진 플레이어를 제물로 원하고 있다는 말과 다르지 않았다.

그러지 않았다면 굳이 B등급 이상 특성을 가진 플레이어를 제물로 지원해 주고 있다는 말을 '역시'라는 표현까지 사용해 가며 칭찬할 필요가 없으니까.

"그건 알고 있어."

차연주는 무거운 표정으로 고개를 끄덕였다. 악마교들이 높은 등급의 플레이어들을 제물로 노리고 있다는 것은 다른 누구보다 그녀 자신이 잘 알고 있는 사실이었다.

"아마 그놈들은 레벨이 낮은 플레이어 위주로 제물을 노릴 거야."

"레벨이 낮은 플레이어?"

"정확하게는 레벨이 낮지만, 특성 등급이 높은 플레이어 위주로."

"아……!"

차연주는 짧은 탄성을 흘리며 고개를 끄덕였다.

일반적으로 특성 등급은 레벨이 높을수록 더 높은 등급의 특성이 개화할 확률이 높았다. 하지만 그런 플레이어들은 레벨이 높은 만큼 다른 파티, 길드와 연줄이 있을 가능성이 컸다. 은밀하게 활동해야 하는 그들의 입장상 레벨이 높은 플레이어를 제물로 노리는 것은 위험부담이 너무 큰 것이다.

"동의한다. 실제로 최근 들어 저급 게이트 구간에서 카오 플레이, 혹은 실종 사건들이 급증했지."

둘의 말을 듣고 있던 백화연은 무거운 표정으로 고개를 끄덕였다. 애초에 화랑부대 또한 악마교가 저급 게이트 위주로 제물 사냥을 하고 있다는 것을 깨닫고 조사에 착수했었다. 처음 그녀가 강우와 만나게 된 것도 저급 게이트에서 일어나는 사건들을 조사하고 있던 와중이었다.

"그러니까 소문을 흘리는 거야. 저급 게이트 구간에서 굉장히 재능 있는 플레이어가 있다고."

강우는 차분한 목소리로 말을 이었다.

"적어도 S급 이상이라는 소문을 뿌리면… 바로 입질이 오기 시작할 거야."

"흠……."

강우의 말에 백화연은 짧은 침음을 삼켰다. 그녀는 걱정스러운 목소리로 입을 열었다.

"하지만 오히려 소문이 너무 퍼지게 되어 그 플레이어에 대해 이목이 집중되면 그들이 사냥을 포기하지 않겠나?"

"아뇨, 그럴 일은 없을 겁니다."

"…왜 그렇게 생각하지?"

단호한 강우의 대답에 백화연은 이해할 수 없다는 표정으로 그를 바라보았다.

"발등에 불이 떨어졌으니까요."

"발등에 불이 떨어졌다?"

"이번에 그들은 내부에 스파이가 있었다는 사실을 깨달았습니다. 즉, 소환 계획에 대한 정보가 유출되었을 가능성을 충분히 생각하고 있겠죠."

"그렇다면 더더욱 숨어 지내지 않겠는가?"

그녀의 말에 강우는 천천히 고개를 저었다.

"한 방을 노릴 겁니다."

"…한 방을 노린다고?"

"만약 화연 씨라면 지금 제물 사냥을 막기 위해 어떻게 대처하겠습니까?"

"음……. 나라면 전 부대에 B급 특성 이상을 가진 플레이어들을 대상으로 감시를 하라고 하겠지."

"그게 일반적인 대처 방법이죠."

저들이 노리는 사냥감이 B급 특성 이상을 가진 저렙 플레이어라는 사실을 알고 있는 이상 할 수 있는 가장 일반적인 대처 방법이었다.

"그렇다면 그들의 입장에서는 함부로 B급 특성 이상을 가진 플레이어를 사냥할 수 없겠죠. 어디에 감시의 눈이 있는지 알 수 없으니까."

"그렇겠지."

"그렇기 때문에 애매하게 B급이 아닌, S급 특성을 가진 큰 사냥감을 노릴 겁니다."

"……."

백화연은 굳게 입을 다물었다.

그의 말대로, 어차피 감시의 위험이 있다는 것을 알고 있다면 어중간한 B급 특성의 제물을 노리는 것보다는 한 방에 큰보상을 얻을 수 있는 S급을 노리는 것이 맞았다. 하지만.

"그들이 계획을 늦추면서 낮은 등급의 제물을 안정적으로 사냥할 가능성도 있지 않나?"

백화연은 신중한 표정으로 그에게 물었다.

그녀의 말에 강우는 피식 웃음을 흘렸다.

"아뇨. 오히려 더 빨리 당기면 당겼지 계획을 늦추는 일은 없을 겁니다."

"…왜 그렇게 생각하지?"

"인간이니까요."

"……?"

강우의 말을 이해할 수 없다는 듯이 백화연은 의아하다는 표정을 지었다. 강우는 덤덤한 말투로 말을 이었다.

"그들은 이번 소환 계획을 성공하면 교단으로부터 더 큰 지원을 받을 수 있다고 했습니다. 그렇기 때문에, 계획을 늦출 일은 없습니다."

"그건 너무 궤변이 아닌가. 당장 눈앞의 이득 때문에 그들이 큰 위험을 감수할 거란 말인가?"

"그렇습니다."

"왜 그렇게 생……."

"모든 사람이 그래왔으니까요."

"……."

단호한 그의 대답에 백화연은 굳게 입을 다물었다.

강우는 그런 그녀를 바라보며 피식 웃음을 흘렸다.

"마시멜로 이야기에 대해서 아십니까?"

"…알고 있다."

백화연은 무거운 표정으로 고개를 끄덕였다. 눈앞의 유혹을 참으면 더 큰 보상을 얻을 수 있다는, 아주 간단한 교훈이 담긴 세계적인 베스트셀러.

"그 책이 왜 베스트셀러가 됐는지 아십니까?"

"그야 성공에 대한 기본적인 지침서가 되기 때문이 아닌가?"

"아뇨. 그 책이 베스트셀러가 된 이유는 대부분의 사람이 그렇지 않기 때문입니다."

"……."

눈앞의 유혹에 저항하는 것. 단순히 문장으로 보면 간단한 일일 것이다. 제삼자의 시선으로 보면 눈앞의 유혹에 저항하지 못하고 파멸을 맞이하는 사람들은 추잡하고, 어리석게 보이는 것처럼. 하지만 막상 사람은 그런 상황이 자신에게 닥치면 굉장히 높은 확률로 그들이 조롱했던 '멍청한' 선택을 해버리고 만다.

눈앞의 유혹이 위험하다는 사실을 인지하고 있다. 조금만 참으면 더 큰 보상이 온다는 것도 알고 있다. 그럼에도 인간은 당장 눈앞에 있는 마시멜로의 달콤함을 거부하지 못한다. 그 것은 그들이 멍청해서도, 생각이 짧아서도 아니었다. 욕망의 메커니즘 자체가 그런 거시적인 판단을 할 수 없도록 만들어져 있기 때문이었다.

'물론 그 욕망을 조절할 수 있는 사람이 아예 없는 것은 아니지만.'

강우의 눈이 날카롭게 빛났다. 그의 생각대로 모든 인간이 그런 근시안적인 유혹을 받아들이는 것은 아니었다. 하지만, 적어도 붉은 가면을 쓴 사내를 비롯한 악마교는 그 유혹을 거부하기가 쉽지 않을 것이다.

'마기를 받아들였으니까.'

마기를 받아들인 인간의 몸은 악마에 가깝게 변질된다. 그리고 악마의 신체는 욕망의 고양을 불러일으켰다.

강우처럼 아득한 시간 동안 악마인 채로 살아온 자도 그 욕망의 고양을 제어하는 것은 쉽지 않았다. 지옥의 지배자인 그조차 그럴진데 그들이 그 욕망을 제어할 수 있으리라고는 생각되지 않았다.

"그렇다면 누굴 미끼로 사용할 생각인데?"

가만히 얘기를 듣고 있던 차연주가 물었다.

"사실 저렙에 S급 이상 특성을 가진 플레이어라면 이미 엄청난 주목을 받고 있거나 다른 대형 길드에 들어갔을 거 아냐. 설마 강우 네가 직접 미끼가 될 생각이야?"

"아니. 나는 이미 레드로즈 길드의 지원을 받는 루키로 알려져서 그건 힘들어."

"그러면 거짓말로 소문을 낼 생각이야?"

"그것도 미끼라고 광고를 하는 셈이 되니 불가능하지."

"……."

이어지는 강우의 대답에 차연주는 굳게 입을 다물었다. 그녀는 눈살을 찌푸리며 입을 열었다.

"그럼 대체 누굴 미끼로 사용할 생각인데?"

"생각해 둔 사람이 있어."

강우는 짙은 미소를 입가에 지으며 대답했다.

S급 이상의 특성을 가진 저레벨 플레이어. 다른 대형 길드에 들어가 있는 것도 아니며, 현시점에서 많이 알려져 있지도 않은 인물. 강우는 그런 플레이어를 이미 한 명 알고 있었다.

'김시훈.'

그가 다급하게 사역마로 만들 정도로 엄청난 재능을 가지고 있는 인간. S급이 아닌, 무려 SSS급 특성을 1차 각성에 개화한 빛나는 재능의 플레이어.

'물지 않고서는 배길 수 없는 미끼겠지.'

강우는 붉은 가면의 사내를 머릿속에 떠올리며 날카롭게 눈을 빛냈다.

🌀

스파이 사건이 일어난 지 일주일.

강우가 제안한 작전을 받아들인 백화연과 차연주는 아주 은밀하게 김시훈에 대한 소문을 퍼뜨리기 시작했다. 뉴스 기사로 다뤄진 것도, 언론에 대대적으로 김시훈의 이름이 올라온 것도 아니었다.

김시훈의 이름은 저레벨 플레이어들 사이에서부터 가십거리처럼 퍼져 나갔다.

'생각 이상인데.'

강우는 스마트폰을 통해 SNS를 살피며 눈을 빛냈다.

그곳에는 말 그대로 괴담에 가까울 정도의 부정확한 정보로 '저급 게이트에 자신의 특성 등급을 속이고 활동하는 엄청난 플레이어가 있다'라는 글이 적혀 있었다. 너무 주목을 모으지 않으면서도, 충분히 흥밋거리가 되는 수준의 정보.

차연주의 능력이 뛰어난 건지 백화연의 능력이 뛰어난 건지 알 수 없었지만, 소문이 퍼져 나가는 속도는 딱 강우가 이상적으로 생각하는 속도였다.

'연주나 화연 씨 모두 이런 쪽으로는 영 재능이 없어 보였는데 말이야.'

마치 늙은 군인 같은 고지식함이 느껴지는 백화연과 불같은 성격을 가진 차연주 모두 이런 은밀한 정보 조작 쪽으로는 재능이 없을 것 같았다.

'그나마 이런 일을 잘한 것 같은 사람이라면……'

강우는 레드로즈 길드를 드나들며 자주 마주쳤던 한 사람의 얼굴을 떠올렸다. 온화한 인상을 가진 청년. 레드로즈 길드의 인사관리팀장을 맡고 있는 박현우였다.

'뭐, 누가 했든 결과가 좋으면 그만이지.'

강우는 스마트폰을 주머니 안에 집어넣었다.

그는 가볍게 기지개를 켜며 건너편에 있는 허름한 반지하의 창문을 향해 고개를 돌렸다. 창문을 통해 침대에 누워 있는 중년 여인을 간호하고 있는 김시훈의 모습이 보였다.

"설아보다 집안 사정이 안 좋네."

강우는 김시훈의 모습을 바라보며 작은 목소리로 중얼거렸다.

미끼 작전이 시작되고 일주일. 강우는 집에 돌아가지도 않은 채 24시간 동안 김시훈의 근처에 머무르고 있었다. 언제 악마교가 그를 습격할지 알 수 없었기 때문이었다.

'김시훈을 잃을 수는 없으니까.'

그를 미끼로 사용하기는 하시만, 그렇다고 해서 진짜 김시훈이 위험에 처하게 내버려 둘 생각은 없었다.

김시훈 자신은 그 사실에 대해서 모르고 있었지만, 그는 강우에게 영혼이 종속된 사역마였다. 강우는 김시훈이 가진 무시무시한 재능을 고작 미끼 따위로 소모할 생각이 조금도 없었다.

'과정이 어땠든 사역마로 만든 이상 책임은 져야지.'

김시훈이 모든 진실을 깨닫는다면 더러운 위선을 부리지 말라며 소리칠 만한 생각이었지만, 애초에 강우는 그의 행동을 포장하기 위해 책임을 지겠다는 생각을 하는 것이 아니었다.

'너는 앞으로 위대해질 테니까.'

강우는 어머니로 보이는 중년 여인을 간호하며 서글픈 표정을 짓고 있는 김시훈을 가만히 바라보았다. 앞으로 그는 강해지고, 위대해질 것이다. 그리고 강우의 든든한 전력이 되어줄 것이다. 그런 의미에서 생각하면 지금 소문이 나는 것 정도는 어차피 있을 미래의 일을 조금 앞당긴 것에 불과한 것일 수도 있었다.

달칵.

"그럼 다녀올게요, 어머니."

어머니를 간호하던 김시훈이 반지하의 문을 열고 나왔다. 평소처럼 설아, 태수와 함께 게이트에 사냥을 가기 위해서 집을 나온 것이다.

"하아."

밖으로 나온 김시훈은 어두운 표정으로 깊은 한숨을 내쉬었다. 한동안 생각에 잠겨 있던 그는 붉어진 눈시울을 훔치며 스스로에게 다짐하듯 외쳤다.

"힘내자! 조금만 더하면 빚을 다 갚을 수 있어!"

김시훈은 허리춤에 찬 검 자루를 손으로 쓰다듬으며 발걸음을 옮겼다. 주변에 숨어 그를 지켜보고 있던 강우는 헛웃음을 흘렸다.

'흙수저 요소도 가지고 있네.'

찢어지게 가난한 집안에서 아픈 가족을 위해 플레이어로 활동한다는 흔하디흔한 설정.

'진짜 쟤가 주인공인가?'

강우는 고개를 갸웃거리며 뒤를 따랐다. 집 밖으로 나온 김시훈은 지하철을 타고 목동으로 향했다. 과거 강우도 사냥한 경험이 있었던 C급 게이트였다.

'과거라고 말할 정도로 오래 지나지는 않았지만 말이야.'

강우가 트롤을 잡으며 레벨을 올렸던 것은 고작 한 달도 채 지나지 않은 일이었다.

'그러고 보면 그때 헬하운드를 만난 이후부터 폭발적으로 성장한 것 같네.'

C급 게이트에서 마주친 지옥의 마물. 그를 처치한 이후 레

드로즈 길드의 지원을 받기 시작하면서부터 강우는 말 그대로 폭발적인 성장을 이뤄낼 수 있었다.

'그나저나 C급 게이트에 왔다는 의미는……'

강우는 흥미롭다는 눈빛으로 목동역 밖으로 걸어나가는 김시훈을 바라보았다. 그가 C급 게이트로 향하고 있다는 의미는 태수, 설아를 비롯한 뇌는 파티원들이 20레벨 이상에 도달하여 3차 각성을 마친 상태라는 사실을 의미했다.

'빠르군.'

그와 비교할 수는 없었지만, 김시훈 파티의 성장 속도는 전례를 찾아보기 힘들 정도로 빨랐다.

강우는 흡족한 미소를 지으며 권능으로 최대한 기척을 숨긴 채 김시훈의 뒤를 따랐다.

"안녕하세요."

"안녕, 시훈 오빠~!"

"반갑소, 시훈 형씨!"

역 밖으로 나온 김시훈은 먼저 도착해 있는 파티원들과 인사를 나눴다. 처음 만났을 때처럼 어색한 인사가 아닌, 나름대로 파티 간의 정이 쌓인 것처럼 친근한 인사였다.

"…설아 씨는 왜 그러십니까?"

태수에게 다가간 김시훈은 한설아를 돌아보며 고개를 갸웃거렸다. 한설아는 세상 침울한 표정으로 고개를 숙인 채 애꿎은 바닥을 발끝으로 긁고 있었다.

태수는 김시훈의 어깨를 살짝 붙잡고 한설아에게서 떨어뜨리며 작은 목소리로 입을 열었다.

"최근 강우 형님이 바쁜 일이 있으셔서 일주일째 집에 아예 안 들어오고 있다는 것 같소."

"아……."

김시훈의 입에서 짧은 탄성이 흘러나왔다. 그는 이해했다는 듯이 고개를 끄덕였다.

'설아 씨는 강우 씨에게 마음이 있으니까.'

어지간히 멍청한 사람이 아닌 이상 그녀의 행동을 조금만 보면 누구나 알 수 있는 사실이었다. 사냥 중 쉬는 시간에도 강우의 말을 자주 했고, 그에 대해서 말할 때는 항상 뺨을 붉히며 즐겁다는 듯이 말했다.

'강우 씨가 일주일이나 집을 비웠다라…….'

그는 고레벨 플레이어였다. 일주일 정도 집을 비울 이유는 얼마든지 있을 것이다.

"아예 연락이 안 되시는 겁니까?"

"아니, 그건 아닌 것 같소. 매일 문자도 하고 전화도 가끔 한다고 하는데 무슨 일인지 몸을 움직일 수 없으신 상황이라고 하오."

"흠……. 그럼 게이트 안에 게신 건 아니네요."

당연한 애기지만, 게이트 안에서는 전파가 터지지 않았다. 게이트 안과 밖에서 서로 연락하기 위해서는 마석을 사용해서 만든 마도구가 별도로 필요했다.

"끄응. 물어봐도 대답을 안 해주신다고 하오."

"하하……. 그렇다면 저렇게 침울해할 만하겠네요."

김시훈은 어색한 미소를 지으며 한설아를 바라보았다.

"설아 언니~ 너무 침울해 있지 마. 강우 오빠도 사정이 있겠지."

"하아. 그러시겠지……."

한설아는 깊은 한숨을 내쉬며 고개를 숙였다. 그녀는 발끝으로 땅을 긁으며 중얼거렸다.

"혹시 내가 해주는 요리에 질리신 건가……? 아니면 설마 다른 여자라도……."

되도록 긍정적인 생각을 하고 싶었지만, 시간이 지날수록 불안감이 커져갔다. 그와 만난 기간은 얼마 되지 않았지만, 그 짧은 사이에 그녀의 일상은 강우가 없었던 시절을 떠올릴 수 없게 만들 정도로 많이 바뀌어 버렸다.

이렇게 침울해하고 있는 것은 그녀만이 아니었다. 집에 홀로 남겨진 에키드나의 경우 지금 그녀보다 상태가 훨씬 심각했다.

"언니랑 강우 오빠 같이 산다고 했지?"

"으, 응."

"흐흐. 혹시 오빠가 더 이상 참기 힘들어서 나가 있는 거 아니야?"

"참기 힘들다고?"

"강우 오빠도 팔팔한 청춘이잖아. 언니처럼 예쁜 사람이랑 한 지붕 아래 있으면…… 으흐흐. 오빠의 네오 암스트롱 제논……."

"거기까지."

한설아를 신나게 놀리고 있는 은비의 머리를 김시훈이 가볍게 쥐어박았다.

그는 산뜻한 미소를 지으며 한설아를 향해 고개를 돌렸다.

"은비 말은 신경 쓰지 마세요. 강우 씨도 사정이 있으실 겁니다. 일단 저희와 달리 고레벨 플레이어시잖아요."

"아, 예. 그렇겠죠……."

"저희도 강우 씨와 같은 자리에 서기 위해서는 얼른 사냥을 해서 레벨을 높이는 방법밖에는 없습니다."

"아……."

침울해져 있던 한설아의 표정에 의욕의 불씨가 타올랐다. 그녀는 연신 고개를 끄덕이며 김시훈의 말을 긍정했다.

"그럼, 들어가 보죠."

김시훈은 그렇게 말하며 C급 게이트 입구로 향했다. 태수와 설아, 은비가 그의 뒤를 따라 게이트 안으로 들어갔다.

"끄응."

그 모습을 지켜보고 있던 강우는 곤란하다는 표정으로 침음을 흘렸다.

'뭔가 묘하게 죄책감이 드네.'

어쩔 수 없는 일이었지만 막상 이렇게 그녀가 침울해하는 모습을 보니 묘한 죄책감이 밀려왔다.

'에키드나는 상황이 더 심할 거고.'

한설아야 그렇다 치더라도 에키드나는 강우에 대한 의존증이 상당히 심했다. 그도 그런 사실을 알고 있었기 때문에 자주 연락을 해줬지만, 그것도 시간이 지날수록 효과가 희미해지는 것 같았다.

'빨리 끝내고 싶은 건 이쪽도 마찬가지라고.'

강우는 게이트를 향해 터벅터벅 발걸음을 옮기며 짧은 한숨을 내쉬었다.

김치찌개를 먹지 못한 지도, 편안한 침대에 누워 잠을 자지 못한 지도 일주일이 지났다. 사람이라는 게 있다가 없으면 더 괴롭다고 했던가. 만 년 만에 간신히 맛본 일상이라는 쾌락을 스스로 억제하는 것은 결코 쉽지 않은 일이었다.

'그렇다고 미끼를 뿌려놓고 낚싯대를 내팽개치고 있을 수는 없는 노릇이니까.'

방심은 치료제가 없는 독이었다. 안일하게 김시훈에게서

떨어져 있다가 그를 잃기라도 한다면? 그만큼 멍청한 짓은 없었다.

"…갈까."

강우는 입구에서 간단한 절차를 마친 뒤 게이트 안으로 들어갔다.

쿵!

"크르르르르!"

"크으! 거, 힘 한번 무식하게 센 놈이구만!"

트롤이 휘두르는 거대한 몽둥이를 방패로 막아낸 태수의 입에서 침음이 흘러나왔다.

"하압!"

콰직!

태수가 자신의 상반신만 한 방패를 땅에 내려찍자 트롤의 다리 부분의 땅이 움푹 들어갔다. 사나운 기세로 태수를 공격하던 트롤의 몸이 중심을 잃고 휘청거렸다.

"설아 씨!"

"예!"

트롤이 중심을 잃은 것을 확인한 김시훈이 재빠르게 땅을 박챴다. 그가 보낸 신호에 설아는 준비해 둔 마법을 외쳤다.

"부스트!"

짧은 시동어와 함께 설아의 몸에서 새하얀 빛이 뿜어져 나와 김시훈의 몸속으로 들어갔다. 트롤을 향해 달려가는 그의 움직임이 확연하게 빨라졌다.

김시훈은 몸을 낮게 숙이며 거칠게 진각을 밟았다. 묵직한 소리와 함께 그의 발자국이 선명하게 땅에 새겨졌다.

촤앙!

'잠룡검법 제2초식 비룡일섬.'

진각을 통해 전해진 힘이 발을 타고 그의 전신에 퍼져 나갔다. 김시훈은 그 힘을 이용해 허리를 비틀며 단전 안에 담긴 내공을 끌어 올렸다.

비룡일섬(飛龍一閃).

호수에 웅크리고 있던 용이 순식간에 하늘로 솟구쳐 오르듯 아래에서부터 휘둘러진 그의 검이 트롤의 몸을 길게 갈랐다. 무신 천태황의 영혼을 통해 받아들인 검법이 김시훈의 몸을 통해 현세에 펼쳐졌다.

촤악!

"크어어어어!!"

종아리에서부터 겨드랑이까지. 몸의 반 이상이 갈라진 트롤이 고통에 찬 괴성을 내지르며 바닥에 쓰러졌다. 무식한 생명력을 가지고 있는 몬스터답게 몸이 반으로 갈라져 있음에도 함부로 다가갈 수 없을 정도로 난폭하게 몸을 비틀고 있었다.

"라이트닝 스피어!"

하지만 아무리 난폭하게 몸을 비틀고 있다고 하더라도 원거리 공격에는 속수무책으로 당할 수밖에 없었다. 은비가 쏘아낸 뇌전의 창이 트롤의 가슴을 정확히 꿰뚫었다.

"크어어어어."

바닥에 쓰러진 채 미친 듯이 몸을 비틀던 트롤이 이내 입에서 검은 연기를 내뿜으며 쓰러졌다.

"후우. 역시 C급 몬스터는 강하네요."

"전에 잡던 리자드맨 놈들은 5마리 이상도 거뜬했는데 이놈들은 3마리만 넘어도 위험할 것 같소."

태수는 트롤의 공격을 막은 손이 저릿한지 연신 주먹을 쥐었다 폈다 하며 말했다.

"그래도 한 달도 되지 않아서 트롤을 잡을 수 있을 정도로 레벨을 올린 게 어디입니까."

"하하하! 이게 모두 시훈 형씨 덕분이요. 하… 파티를 짤 때부터 딱! 느낌이 오기는 했지만 설마 한 달도 안 돼서 C급 게이트에 올 줄은 몰랐소."

태수는 자신이 트롤을 잡은 것이 믿어지지 않는다는 듯이 호들갑을 떨며 외쳤다.

"서노 여러분이 없었다면 이렇게 빨리 C급 게이트에는 올수 없었을 겁니다."

김시훈은 특유의 상큼한 미소를 지으며 고개를 저었다.

"그럼 빨리 마석을 채취하고 이동하죠."

"아, 트롤의 심장에 쪽에 고인 피는 회복약 재료로 비싸게 팔린다고 했으니 그것도 채혈해 가요."

김시훈 파티는 가뿐하게 처리한 트롤의 시체에서 마석과 피를 채혈하고는 다음 사냥감을 찾아 이동했다.

"호오."

그 모습을 숨어서 지켜보고 있던 강우의 눈이 반짝였다.

'확실히 전보다 성장했어.'

파티의 움직임 자체가 달랐다. 서로의 역할을 정확히 인지하고 그에 맞춰서 움직이는 모습에서는 노련미까지 느껴질 정도였다.

'설아가 회복만 가능했으면 붕 떴겠지만, 그것도 아니고.'

원래 너무 강한 파티에서는 힐러의 위치가 약간 애매해졌다. 파티가 너무 강한 탓에 상처 자체를 거의 입지 않는 것이다. 하지만 한설이는 힐리와 버피, 두 가지 역할을 모두 수행할 수 있는 전천후 서포터였다. 힐러가 필요 없을 정도로 강한 파티에 섞여 있어도 전혀 위치가 애매하지 않았다.

'내가 버스를 태워줄 필요가 있나 싶을 정도네.'

강우는 흡족한 미소를 지으며 김시훈 파티의 뒤를 따랐다.

'그건 그렇고.'

강우는 주변을 살피며 쯧 하고 혀를 찼다.

"슬슬 입질이 올 때가 됐는데……."

벌써 일주일이 지났다. 소환 계획까지 남은 시간이 길지 않으니 그들도 초조해져 있을 것이다. 먹음직스러운 미끼를 향해 참지 못하고 달려들기 충분한 시간.

강우는 주시자의 권능을 사용해 김시훈 파티의 주변을 살폈다.

'응?'

그때, 강우의 권능에 두 사람이 김시훈 파티를 향해 접근하는 것이 느껴졌다. 목동 C급 게이트가 인기 없는 사냥터도 아니었으니 다른 파티와 우연히 마주치는 것 자체는 흔한 일이었다. 하지만.

'트롤을 단 한 방에 처리하고 접근하고 있어.'

그들을 김시훈 파티에게 접근하는 사이 마주친 트롤 두 마리를 각각 한 방에 썰어버리고는 마석조차 채취하지 않은 채 계속해서 김시훈 파티를 향해 접근하고 있었다.

"이건……."

강우의 눈이 반짝였다. 일주일의 기다림이 보상받는 순간이 다가오고 있었다.

"미끼를 물어버렸구만."

강우는 입술을 핥으며 이제 막 두 사람과 마주친 김시훈 파티의 뒤를 쫓았다.

"이야~ 이거 우연이네. 여기서 시훈이 널 볼 줄이야!"

"…김영훈?"

다음 사냥감을 향해 움직이던 김시훈은 갑작스럽게 나타난 청년을 보고는 딱딱하게 표정을 굳혔다.

김영훈. 국내 5대 대형 길드 중 하나인 미르 길드의 부길드 장으로서 미르전자의 회장 김재현의 아들. 한마디로 말해 금수저. 그것도 다이아몬드로 코팅까지 된 금수저를 물고 태어난 인간이었다.

물론, 하늘은 그에게 모든 것을 준 것은 아니었다. 김영훈의 플레이어로서의 재능은, 국내에서 두 손가락 안에 뽑히는 랭커인 김재현과는 달리 평균을 살짝 웃도는 정도에 불과했다. 하지만 플레이어로서 재능이 없다는 점은 김재현의 재력과 권력을 등에 업은 김영훈에게 단점조차 되지 않았다. 그에게는 그런 재능을 극복할 수 있는 막대한 돈이 있었으니까.

"아시는 분인가요?"

"저 사람 그 미르 길드의 부길드장 아니요?"

설아와 태수는 김영훈과 김시훈을 번갈아 보며 물었다.

김영훈은 그들을 향해 가볍게 허리를 숙이며 입을 열었다.

"반갑습니다. 김영훈이라고 합니다. 오우, 시훈이가 아주 아름다운 분과 파티를 맺으셨네요."

김영훈은 한설아를 보고는 눈을 반짝이며 씨익 미소를 지었다.

"…네가 여기엔 왜 온 거야."

김시훈은 날카로운 눈빛으로 김영훈을 노려보았다. 온화한 성격을 가진 그라고 생각할 수 없을 정도로 강렬한 살기가 그에게서 피어오르고 있었다.

"응? 게이트에 당연히 사냥하러 왔지 뭘 하러 왔겠어?"

"그렇다면 얼른 마저 사냥하러 꺼져."

"하하하! 형한테 너무 막말을 쏟는 거 아냐?"

"누가!"

자신을 '형'이라고 칭하는 김영훈의 말에 김시훈은 발작을 일으키듯 몸을 떨었다. 이글거리는 눈빛으로 김영훈을 노려보던 김시훈이 씹어뱉듯이 말을 이었다.

"누가 내 형이라는 거야!"

"하하하! 하긴, 일반적인 형제라고 할 수는 없지."

김영훈은 지금 상황이 즐겁다는 듯이 웃음을 터뜨리며 고개를 끄덕였다.

"나와 달리 네게는 천한 피가 흐르고 있으니까 말이야."

"이 개자식이!!"

김시훈은 거칠게 표정을 일그러뜨리며 검을 뽑아 들었다. 천한 피. 몇 번이고 들어왔던 그 단어가 그의 가슴을 날카롭게 파고들었다.

"왜? 감히 형에게 대들 생각이냐?"

김영훈은 허리춤에서 푸른색 검을 꺼내 들었다. 겉으로만 보더라도 숨 막히는 예기가 느껴지는 명검이었다.

김시훈은 검을 꺼내 들은 그를 바라보며 흠칫 몸을 떨었다. 김영훈은 강했다. 아니, 정확하게 말하면 그가 입고 있는 값비싼 장비들이 그를 강할 수밖에 없게 만들었다.

"……"

"하하. 그래그래. 음. 요즘 너에 대한 소문이 좀 돌아서 말이야."

"소문?"

김시훈은 눈살을 찌푸리며 그를 바라보았다.

"너, 굉장히 좋은 특성을 가지고 있다며? 적어도 S급 이상 특성을 말이야."

"……!"

김시훈의 두 눈이 부릅떠졌다.

"히야, 설마 이렇게 타이밍 좋게 네가 높은 등급 특성을 가진 플레이어로 각성할 줄은 몰랐어."

"…그게 무슨 말이야."

"마침 딱 너 같은 '제물'이 필요한 상황이었거든."

김영훈은 비릿한 미소를 지으며 입술을 핥았다.

"제물……?"

불길함이 느껴지는 그 단어 김시훈이 표정이 거칠게 일그러졌다. 김영훈은 김시훈의 뒤에 있는 파티원들을 바라보며 눈을 빛냈다.

"호오. 너 말고 다른 파티원들도 꽤나 재능이 있어 보이네. 이야, 이 정도면 이거 완전 노다지인데?"

"……."

"아, 물론 저쪽에 계신 아름다우신 분은 제물로 사용하지 않을게. 그밖에도 사용할 곳이 좀 많을 것 같으니까."

김영훈은 음욕으로 번들거리는 눈빛으로 한설아를 지그시 바라보았다. 한설아는 마치 몸에 뱀이 기어 다니는 듯한 불쾌한 감각에 얼굴을 찌푸렸다.

"…대체 뭘 할 생각이야?"

"하하. 그건 얌전히 날 따라오면 알고 싶지 않아도 알 수 있을 거야."

"누가 너 같은 새끼를……!"

"뭐, 따라오고 싶지 않다면 맘대로 해. 억지로라도 따라오게 해줄 테니까."

김영훈은 검을 들어 올리며 옆에 있는 사내에게 말했다.

"넌 나서지 말고 있어. 저놈은 내 사냥감이거든."

"알겠습니다."

김영훈의 옆에 목석처럼 서 있던 사내는 깍듯하게 고개를 숙이며 대답했다.

"크읏……."

김시훈은 분하다는 듯이 몸을 떨었다. 김영훈에게 당했던 모든 굴욕이 그의 머릿속을 스쳐 지나갔다.

그와 김영훈은 배다른 형제였다. 하지만 둘의 인생은 하늘과 땅처럼 완전히 극과 극이었다. 김재현이 젊은 시절 다른 여자와 놀아나다가 태어난 김시훈은 어렸을 적부터 쭉 김영훈의 멸시와 조롱을 받으며 살아왔다. 그러던 중 그녀의 어머니에게 질린 김재현은 이내 병든 어머니와 그들을 집에서 내쫓아 버렸다.

도와주는 사람은 아무도 없었다. 김시훈은 그렇게 가슴속에 끓어오르는 분노를 가둔 채 살기 위해서 계속 발버둥 쳐왔다.

'내가 조금만 더 강했더라면.'

수백, 수천 번을 넘도록 했던 생각들. 오랜 갈망 끝에 그는 그 가능성을 붙잡을 수 있었다.

무신 천태황의 영혼. SSS급 특성. 그는 다른 플레이어들과는 비교할 수 없을 정도로 빠르게 강해질 수 있었다.

'하지만.'

김시훈의 눈빛에 선명한 절망이 떠올랐다. 김영훈과 대치하고 있는 것만으로도 그와 자신 사이의 압도적인 격차가 느껴졌다.

일단 6차 각성을 마친 김영훈과 자신은 레벨 자체가 너무차이 났다. 아무리 좋은 특성을 가지고 있다고 해도 극복할 수 있는 레벨의 격차가 아니었다.

'조금만 더 시간이 있었다면.'

만약 자신이 3차 각성이 아닌 4차, 5차 각성을 이뤘다면 그와 싸워볼 수 있는 가능성이 있었을 것이다. 하지만 결국 무의미한 가정이었다. 그는 지금 갓 3차 각성을 이룬 저레벨 플레이어였으니까.

"그럼, 건방진 동생에게 예의범절에 대해서 교육 좀 해볼까!"

김영훈은 손에 쥔 검을 들고 땅을 박찼다. 그의 몸이 빠른속도로 김시훈을 향해 다가왔다. 날카로운 예기를 뿜어내는그의 검이 김시훈을 노리고 휘둘러졌다.

까앙!

"크읏!"

김영훈의 공격을 막은 것은 태수였다. 태수는 방패를 타고 전해지는 강렬한 충격에 거칠게 입술을 깨물며 입을 열었다.

"시훈 형씨와 무슨 관계인지는 잘 모르겠지만, 이 강태수가 있는 한 함부로 시훈 형씨에게 손댈 수는 없을 거요!"

"뭐야 이 근육 돼지는?"

김영훈은 자신의 공격이 막혔다는 사실이 불쾌한지 표정을 일그러뜨리며 태수를 노려보았다.

"하압!"

태수는 김영훈의 공격을 흘리고는 바로 방패를 앞으로 들이밀며 그를 공격했다. 2미터에 달하는 태수의 거구가 김영훈을 들이받았다.

텅!

"엉……?"

태수의 입에서 당황스러운 목소리가 흘러나왔다.

김영훈의 몸을 감싸고 있는 검은색 가죽 갑옷에 방패가 닿자마자 강력한 반탄력과 함께 그의 방패가 팅겨져 나갔다.

"이 새끼가 어딜 감히 껴들어?"

김영훈은 자신과 김시훈의 싸움에 끼어든 태수를 향해 거칠게 검을 휘둘렀다.

"태수 씨! 위험합니다!"

콰앙!

"커헉!"

검을 휘둘렀다고는 믿어지지 않는 폭음과 함께 태수가 뒤로 튕겨져 나갔다. 김영훈의 공격을 받아냈던 그의 방패가 산산이 박살 나 바닥에 떨어졌다.

"제길!"

김시훈은 거친 욕설을 입에 담으며 김영훈에게 달려들었다.

'잠룡검법 제5초식 풍룡출현!'

그와 김영훈의 레벨 격차는 30레벨 이상. 처음부터 그가 사용할 수 있는 가장 강력한 공격으로 몰아치지 않으면 승산이 없었다.

"부스트!"

그런 그의 생각에 동조하듯 한설아의 버프가 그의 몸속으로 흘러들어 왔다. 순간적으로 그의 몸에 강렬한 힘이 끓어올랐다.

'이거라면!'

김시훈은 눈을 빛내며 바람에 휩싸인 검을 김영훈을 향해 휘둘렀다.

"크읏!"

까앙!

김영훈은 김시훈이 공격을 시작하자 재빠르게 검을 들어 그의 공격을 막았다. 기본적인 스탯 차가 심하기 때문에 힘과 속도, 모든 부분에서 김영훈이 김시훈을 압도하고 있었다. 하지만 어째서인지 바람에 휩싸인 김시훈의 검격을 모두 막을 수는 없었다.

카가가가가강!!

"이 건방진 놈이⋯⋯."

김영훈은 그가 입고 있는 가죽 갑옷에 맞고 튕겨 나간 김시훈의 검을 바라보며 벌겋게 얼굴을 붉혔다. 레벨과 스탯이 압도적으로 차이 남에도 공격을 허용했다는 사실 자체가 그를 치욕스럽게 만들었다.

"그래, 넌 언제나 그런 놈이었지."

김영훈은 불쾌하다는 눈빛으로 김시훈을 노려보았다.

어렸을 때부터 김시훈은 뭘 하든 그보다 잘했다. 공부면 공부, 운동이면 운동. 김영훈은 김시훈에게 그 무엇도 이기지 못했다. 플레이어로서의 재능까지도.

'하지만!'

김영훈의 입가가 비틀어 올라갔다.

재능은 중요하지 않았다. 그에게는 그 재능을 짓누를 수 있는 권력과 재력이 있었다.

김영훈은 김시훈의 검을 튕겨내며 그의 가슴을 거칠게 걷어찼다. 그러자 그가 신은 부츠에서 강렬한 빛이 터져 나오며 김시훈의 몸이 형편없이 뒤로 튕겨져 나갔다.

"커헉!"

"하하하! 그래! 이게 네 한계다! 이게 너와 나의 적절한 눈높이라고!"

"크윽……."

"아무리 네가 발버둥 쳐도, 미친 듯이 노력해도, 넘을 수 없는 벽이 있는 거야."

김영훈은 바닥에 쓰러진 김시훈을 향해 다가가 그의 얼굴을 거칠게 걷어찼다.

퍼억!

"커헉!"

"하하하! 어때, 이제 좀 얌전히 따라올 생각이 드냐?"

김영훈의 발길질과 함께 김시훈의 얼굴이 피로 뒤덮었다.

"라이트닝 스피어!"

"홀리 스트라이크!"

그런 김시훈을 지키기 위해 설아와 은비가 마법을 쏘아냈다.

"으아아아아아!!"

방패를 잃은 태수까지도 맨손으로 김영훈을 향해 달려들었다.

"하. 이것들이 단체로 미쳤나……."

김영훈은 귀찮다는 듯이 뒤로 몸을 움직여 마법을 피했다. 태수는 김영훈이 몸을 피한 사이 재빠르게 김시훈을 데리고 뒤로 거리를 벌렸다.

"으, 아."

"시, 시훈 씨!"

김시훈은 검으로 자신의 몸을 지탱하며 바닥에서 일어섰다. 한설아가 다급히 그에게 다가가 치료를 시작했다.

"모두, 도망치십쇼."

"그럴 수는 없어요!"

"이건… 제가 해결해야 할 문제입니다."

김시훈은 비틀거리는 걸음으로 김영훈을 향해 다가갔다.

"크윽."

화가 났다, 김영훈에게 이렇게 철저하게 농락당해야만 한다는 사실이. 참을 수 없었다, 자신에게 그를 이길 수 있는 힘이 없다는 사실이. 견딜 수 없었다, 이렇게 나약하기만 한 자신의 모습을.

[힘을 원하는가.]

그때, 그의 귓가에 중저음의 목소리가 들려왔다.

'악마교와 연루된 길드는 미르 길드였군.'

김영훈과 김시훈의 전투를 숨어서 지켜보고 있던 강우는 눈을 반짝였다. 제물에 대한 언급까지 했으니 미르 길드와 악마교가 연관된 것은 확실해 보였다.

'그나저나 김시훈이 재벌가의 서자였다니.'

전에 김영훈의 사진을 보고 비슷한 외모라고 생각을 하긴 했지만 그런 관계일 것이라고는 생각하지 못했다.

"슬슬 움직여 볼까."

'계획'에 필요한 연락도 모두 끝마친 참이었다. 강우는 천천히 자리에서 일어나 전투에 끼어들려고 했다. 그때였다.

"응?"

비틀거리던 김시훈의 몸에서 강렬한 기운이 휘몰아치기 시작했다.

'뭐야, 이거?'

강렬한 기운에 휩싸인 김시훈은 지팡이 대신으로 사용하고 있던 검을 다시 들어 올렸다.

'설마 위기 상황이라고 각성한 거야?'

강우는 어처구니없다는 표정으로 김시훈을 바라보았다. 강렬한 기운에 휩싸인 그가 김영훈을 향해 검을 겨눴다.

"그래! 힘을 원한다!"

'새끼, 각성 타이밍 보소.'

"적을 죽일 힘, 소중한 이를 지킬 힘을 원한다!"

'와, 시바 저 대사를 육성으로 내뱉네.'

김시훈의 몸에서 폭발하듯 강렬한 기운이 뿜어져 나왔다.

그러자 전과 비교할 수 없을 정노로 선명한 푸른 검기가 그의 검에 맺혔다.

[띠링.]

[사역마 '김시훈'이 무신의 힘을 받아들입니다.]

[사역마 '김시훈'이 새로운 무공, 운룡검법(雲龍劍法)과 운룡보(雲龍步)를 습득하였습니다.]

'그래. 그냥 네가 주인공 해라, 인마.'

◆ 4장 ◆
너는 나 알아?

[힘을 원하는가.]

머릿속에 울리는 중저음의 목소리. 김시훈은 직감적으로 그것이 무신 천태황의 영혼이라는 사실을 깨달았다.

"그래! 힘을 원한다!"

망설일 이유가 없었다. 고민할 시간도 없었다. 김시훈은 지금 당장 죽는다고 하더라도 무신의 힘을 받아들이기로 결정했다.

[무신 천태황의 힘을 받아들입니다.]

[아직 '그릇'이 완성되지 않아 힘의 일부만을 받아들일 수 있습니다.]

청아한 방울 소리와 함께 눈앞에 푸른색 메시지창이 떠올랐다. 그 내용을 확인해 볼 틈도 없이, 그의 몸에서 강렬한 힘이 끓어올랐다.

"크윽!"

몸이 부풀어 올라서 터져 버리는 것이 아닐까 걱정될 정도로 강력한 힘이 그의 몸 안에 휘몰아쳤다.

김시훈의 입에서 고통에 찬 신음이 흘러나왔다. 김시훈은 거칠게 입술을 깨문 채 그 고통을 견뎌냈다. 그토록 간절하게, 그토록 절실하게 기다려 온 순간이었다. 이까짓 고통 따위에 그동안의 기다림을 모두 물거품으로 만들 수는 없었다.

투둑! 툭!

피부의 실핏줄이 터져 나가며 그의 몸이 붉게 물들기 시작했다. 아찔한 고통에 머릿속이 새하얗게 될 것만 같았다.

'견뎌야 해.'

김시훈은 이글거리는 눈빛으로 김영훈을 노려보았다. 그에게 당했던 무수한 조롱들이, 굴욕들의 그의 머릿속을 스쳐 지나갔다. 그때 느꼈던 좌절감에 비하면 이런 육체적인 고통쯤은 가소로웠다.

[잠룡검법의 상위 단계 무공을 습득합니다.]
[운룡검법, 운룡보를 습득하였습니다.]

[환골탈태(換骨奪胎)의 단서를 하나 습득하였습니다.]

그의 머릿속에 무공의 구결이 흘러들어 왔다. 그러자 이 터질 것 같은 힘을 어떻게 다뤄야 할지 자연스럽게 깨달을 수 있었다. 김시훈은 몸 안의 힘을 갈무리하며 들고 있는 검을 김영훈에게 겨눴다.

"김영후우우우우운!!"

분노에 찬 외침이 김시훈의 입에서 터져 나왔다. 그와 동시에 전신에 끓어 넘치는 힘을 느끼며 운룡보를 펼쳐 김영훈에게 달려들었다.

"뭐, 뭐야 이건!"

김영훈은 방금 전까지만 해도 다 죽어가던 놈이 무지막지한 기운을 뿌리며 달려들자 당황스러운 표정으로 소리쳤다. 그는 검을 들어 올려 빠른 속도로 휘둘러지는 김시훈의 검을 막으려고 했다.

촤악!

"아악!!"

희끄무레한 연기에 휘감겨 있는 긴시훈의 검이 마치 뱀처럼 그의 검을 타고 내려와 가슴을 갈랐다. 그가 입은 유니크 등급 갑옷이 김시훈의 검격에 갈라졌다. 아찔한 고통과 함께 검붉은 피가 그의 가슴에서 뿜어져 나왔다.

"이, 이 개자식이!!!"

머리끝까지 분노한 김영훈은 김시훈을 향해 막무가내로 검을 휘둘렀다. 막무가내로 휘두르는 검격임에도 장비와 레벨이 높은 탓에 위협적인 기운이 그의 검에서 뿜어져 나오고 있었다.

까앙!

"크윽."

김영훈의 검을 받아낸 김시훈의 몸이 뒤로 쭉 밀려났다. 무신의 힘을 받아들였다고 해도 30레벨에 달하는 레벨의 격차를 완전히 뒤집기에는 불가능했다.

'하지만.'

김시훈의 눈이 날카롭게 빛났다. 힘에서도, 속도에서도 일방적으로 밀리고 있지만, 그에게는 김영훈이 가지지 못한 힘이 있었다.

무공. 무기를 다루는 가장 이상적인 방법에 대해서 수많은 전사의 경험이 녹아 있는 기술. 그 기술만이 유일하게 김영훈을 압도할 수 있는 방법이었다.

'운룡검법 제3초식 운룡난무.'

머릿속에 흘러들어 온 무신 천태황의 무공이 김시훈의 몸으로 펼쳐졌다. 그러자 희끄무레한 구름이 사방에 퍼지며 김영훈의 시야를 잡아먹었다. 구름 속에서 날아온 검격이 김영훈을 거칠게 압박했다.

"왜… 왜 고작 20레벨짜리한테 내가 밀리는 거냐고!!"

김영훈은 지금 상황을 받아들일 수 없다는 듯 분노에 찬 목소리로 소리쳤다. 있을 수 없는 일이, 있어서는 안 되는 일이 그의 눈앞에 펼쳐지고 있었다. 하지만 그렇다고 해서 그 결과를 뒤집을 경험도, 기술도 그는 가지고 있지 않았다. 그가 강할 수 있었던 이유는 김시훈에 비해 월등한 레벨과 장비의 성능뿐이었다.

"으아아아아!!"

3차 각성 플레이어에게 밀리고 있다는 치욕과 숨 쉴 틈도 없이 그를 압박해 오는 김시훈의 검격에 김영훈의 초조함이 극에 달했다. 그는 너 죽고 나 죽자는 식의 무모한 공격을 김시훈에게 퍼부었다. 하지만 그런 막무가내식 공격이 무신의 무공을 습득한 김시훈에게 통할 리 없었다.

"하압!"

기회를 얻은 김시훈은 김영훈의 목을 향해 거칠게 검을 휘둘렀다.

'이겼다!'

김시훈의 눈이 반짝였다.

하지만 김영훈의 목에 검이 닿기 직전, 시야가 어두워지는 감각과 함께 한 사내가 그의 앞을 가로막았다. 김영훈의 옆을 목석처럼 지키고 있던 사내였다.

콰앙!

"커헉!"

사내가 휘두른 양날 도끼를 가까스로 막은 김시훈의 몸이 뒤로 팅겨져 나갔다. 검을 타고 전해지는 어마어마한 충격을 고스란히 받아낸 김시훈의 입에서 검붉은 피가 쏟아졌다.

"하아, 하아! 이제까지 뭘 하다가 지금에야 튀어나온 거야!"

김영훈은 처음 자신이 끼어들지 말라고 명령했던 사실을 까맣게 잊은 듯이 사내를 향해 소리쳤다. 사내는 충분히 억울해야 할 상황임에도 조금의 표정 변화도 없이 김영훈을 향해 깊게 허리를 숙였다.

"죄송합니다, 부길드장님."

"어, 어서 저 새끼의 사지를 잘라 버리고 나한테 데리고 와!"

"예."

김영훈의 외침에 사내는 망설임 없이 고개를 끄덕였다.

사내의 이름은 천명호. 미르 길드에서도 손꼽히는 실력자이자 김영훈의 전담 경호원이었다. 태수와 비교해도 꿀리지 않을 정도로 큰 덩치를 가지고 있는 천명호는 그의 몸집에 걸맞은 거대한 양날 도끼를 들고는 김시훈을 향해 몸을 돌렸다.

"순순히 따라온다면 팔 하나 정도로 끝내주마."

"개, 소리……!"

김시훈은 입에서 피를 쏟아내면서도 검에 의지해 쓰러지지 않고 있었다. 하지만 그도 어렴풋이 느끼고 있었다. 김영훈은 어땠을지 몰라도 지금 이 목석같은 사내는 결코 이길 수 없다는 사실을.

[너무 큰 충격으로 내상을 입었습니다.]
[바로 운기조식을 취하지 않으면 내상 상태가 악화됩니다.]

그 생각에 쐐기를 박듯 눈앞에 경고라고 쓰여 있는 시스템 창이 떠올랐다. 김시훈은 좌절감에 빠진 채 바닥에 한쪽 무릎을 꿇었다.

'결국, 넘을 수 없는 건가.'

김영훈과 자신 사이에 존재하는 거대한 벽. 감히 손을 뻗을 엄두조차 나지 않는 그 벽이 그를 가로막고 있었다.

"인정해라."

천명호는 한쪽 무릎을 꿇은 김시훈을 향해 천천히 걸어갔다.

"너는 결코 부길드장님을 넘어설 수 없다."

"……."

천명호의 입에서 흘러나온 단호한 말이 김시훈의 가슴을 날카롭게 파고들었다.

그의 말은 틀리지 않았다. 자신은 무엇을 해도, 아무리 발버둥 쳐도 김영훈을 따라잡을 수 없었다. 애초에 시작점부터가 다른 그를 추월하기에는 너무나 아득한 거리가 있었다.

"제길……."

서러움에 찬 눈물이 김시훈의 볼을 타고 흘러내렸다. 김재현에게 버려진 어머니의 얼굴이 머릿속에 떠올랐다.

'너를 낳아서 미안해.'

김재현에게 버려졌을 때, 자신의 손을 붙잡고 오열했던 어머니의 말이 떠올랐다. 너를 낳아서 미안해라니. 세상에 그 말보다 아픈 말이 또 있을까.

하지만 자신은 지금까지 그녀의 말을 부정할 수 없었다. 부정할 수 있는 근거를 찾지 못했다. 그의 삶은 고통의 연속이었고, 단 한 번도 행복했던 적이 없었다.

"미안합니다……. 여러분."

김시훈은 덜덜 떨리는 고개를 어렵게 돌려 한설아와 태수, 은비를 바라보았다. 짧은 만남이었지만 그들은 자신에게 처음으로 생긴 동료였다. 그들을 지키지 못했다는 후회와, 자신 때문에 그들이 이런 위험에 처하게 되었다는 죄책감이 밀려왔다.

"받아들여라. 약자의 권리는 고통받는 것뿐이다."

천명훈은 도끼를 들어 올렸다.

김시훈은 자신을 향해 다가오는 천명훈을 향해 고개를 돌렸다. 날카로운 도끼날이 그의 다리를 노리고 내려 찍혔다.

"크윽!"

김시훈은 두 눈을 질끈 감았다. 곧이어 다리가 절단될 것이라고 생각하니 참을 수 없는 공포가 그를 지배했다.

까아아앙!

"커헉!"

"……?"

맑은 쇳소리와 함께 천명호의 입에서 비명이 터져 나왔다.

김시훈은 감았던 눈을 천천히 떴다. 아직은 낯설게 느껴지는 청년의 등이 그의 앞을 가로막고 있었다.

"히야. 좋은 말 한번 했네."

천명호의 도끼를 가볍게 튕겨낸 강우는 짙은 미소를 입가에 머금은 채 그가 내뱉은 말을 음미하듯 고개를 끄덕였다.

"강우 씨……?"

김시훈은 갑작스럽게 등장한 강우를 바라보며 당황스러운 표정을 지었다. 강우는 김시훈을 향해 고개를 돌리며 덤덤한 말투로 입을 열었다.

"일단 설명은 나중에 드리겠습니다. 시훈 씨는 좀 쉬고 계세요. 설아야, 여기 와서 시훈 씨를 좀 치료해 줘."

"아……. 예!"

한설아는 오랜만에 강우를 만난 것에 대한 반가움과 당황스러움이 섞인 복잡한 표정으로 고개를 끄덕였다.

"…화랑부대냐?"

천명호는 경계심 어린 표정으로 강우를 노려보았다. 정부가 악마교와 그에 연루된 길드에 대해 수사를 펼치고 있는 것은 그도 익히 알고 있었다. 이렇게 기다렸다는 듯이 나타난 것을 보면 정부 측에서 보낸 요원일 가능성이 컸다.

"화랑부대라면 딸랑 한 명이서 왔겠어?"

"그렇다면……."

"서로 친절하게 인사할 사이도 아닌데 귀찮게 물어보지 말고 어서 무기나 들어, 인마."

"……."

천명호는 딱딱하게 군은 표정으로 도끼를 들어 올렸다.

강우의 말이 맞았다. 어차피 서로 정체를 알려줄 수 있는 사이가 아닌 이상 더 이상의 대화는 무의미했다.

"그렇다면 강제로 입을 열게 해주지."

"하하하. 좋아. 그런 마음가짐으로 나와야지."

강우는 씨익 미소를 지으며 그를 향해 손을 까딱거렸다.

"들어와."

"……."

건방지기 짝이 없는 그의 태도에 천명호의 표정이 거칠게

일그러졌다. 그는 도끼를 움켜쥔 손에 힘을 담았다. 푸른 마력
이 그의 도끼날 주변에 휘몰아쳤다.

비장한 태도로 전투 준비를 하는 천명호와 달리 강우는 느
긋한 표정으로 팔짱을 낀 채 그의 공격을 기다리고 있었다.

'건방진 놈.'

천명호는 아무 준비 자세도 취하고 있지 않은 강우를 불쾌
하다는 눈빛으로 노려보았다.

'아까 전에는 운 좋게 공격을 카운터 쳤겠지만.'

이번에는 쉽게 당하지 않을 자신이 있었다.

천명호는 마력을 잔뜩 담은 도끼를 움켜쥐며 강우를 향해
달려들었다. 짙은 푸른색 마력이 맺힌 그의 도끼가 강우의 목
을 노리고 휘둘러졌다.

강우는 자신의 목을 노리고 휘둘러지는 도끼를 향해 느긋
하게 한 손을 뻗었다.

'미친놈!'

대형 방패조차 한 방에 두 조각으로 만들어 버리는 도끼
를 맨손으로 막으려고 하다니. 미친 것에도 정도가 있었다.
그는 그대로 강우의 몸을 두 쪽 내비릴 생각으로 도끼를 휘
둘렀다.

탁.

"뭣!"

그가 전력을 다해 휘두른 도끼가 허무할 정도로 가볍게 막혔다.

"아까 뭐라고 했더라? 아, 그렇지."

쾅드드드득.

강우의 손에 잡힌 도끼날이 형편없이 우그러지기 시작했다. 그는 입가에 짙은 미소를 지은 채 말을 이었다.

"약자의 권리는 고통받는 것뿐이라고 했지?"

강우는 연신 고개를 끄덕이며 입술을 핥았다.

"같은 생각이야."

프레스기에 짓눌린 듯 우그러진 도끼날이 바닥에 떨어졌다.

"무, 무슨?"

천명호의 동공이 확장됐다. 그는 처참하게 짓뭉개져 바닥에 떨어진 자신의 도끼를 내려다보았다.

그가 가늘게 떨기 시작했다.

있을 수 없는 일이었다. 있어서는 안 되는 일이었다. 맨손으로 도끼날을 잡아 우그러뜨리다니. 스크린 속 초록 괴물도 아니고 말이 되지 않는 일이었다.

"이익!"

천명호는 도낏자루에서 손을 뗐다. 그리고 오른 주먹을 들어 올렸다. 오른팔의 근육들이 터질 듯이 부풀어 올랐다. 강철 이상의 견고함을 가진 그의 주먹이 강우의 머리를 노렸다.

탁.

하지만 이번에도 마찬가지. 강우는 느긋한 표정으로 천명호의 주먹을 한 손으로 받아냈다. 크기만 본다면 어린이와 어른의 주먹 정도로 차이가 나는 천명호의 주먹이 허무하게 막혔다.

우드드득.

"아아아아악!!"

뼈가 어긋나는 소리와 함께 비명이 터져 나왔다.

강우는 고통을 호소하고 있는 천명호의 가슴을 거칠게 걷어찼다. 천력의 권능으로 자이언트 오우거 이상의 근력을 가지게 된 그의 발길질이 정확히 천명호의 가슴에 틀어박혔다.

뻐억!

"커헉! 컥! 쿨럭! 쿨럭!"

천명호는 바닥에 쓰러진 채 거친 기침을 토해냈다. 그의 입을 타고 검붉은 피가 쏟아졌다. 선명한 공포가 그의 얼굴에 퍼져 나갔다.

"뭐 하고 있는 거야!"

김영훈의 일갈. 천명호는 덜덜 몸을 떨며 몸을 일으켰다.

"죄, 죄송합니다."

"제길……. 뭐야, 저 자식은?"

김영훈은 초조한 표정을 지으며 신경질적으로 손톱을 물어

뜯었다. 갑자기 나타난 저 건방진 놈의 정체에 대해서는 알 수 없었다. 하지만 한 가지 확실한 점은 지금 천명호와 그의 전력으로는 이길 수 없는 강자라는 사실.

'다른 방법이 없어.'

김영훈의 눈이 가늘어졌다.

"천명호, 마기를 사용해."

"……"

"뭘 하고 있어! 어서 마기를 사용하라고!"

신경질적인 외침. 천명호의 얼굴이 가늘게 떨렸다.

자리에서 일어선 그는 무거운 표정을 지었다.

"…알겠습니다."

천명호의 손이 왼쪽 가슴으로 향했다. 두근. 심장이 맥동하고 있는 것이 느껴졌다. 잠시 후 그 안에 숨겨져 있는 마기의 기운이 그의 전신으로 퍼져 나갔다. 어둡고, 질척한 기운이 그의 몸을 휘감았다.

"아, 아아."

천명호의 입이 벌어지고 눈이 붉게 물들었다. 전신의 혈관이 흉측하게 돋아나며 피부가 검은색으로 물들더니, 산양의 뿔도 이마에서 돋아났다. 곧 박쥐를 연상케 하는 날개까지 등가죽을 뚫고 튀어나왔다. 심장에서 퍼져 나간 지옥의 기운이 그의 신체를 악마의 것으로 바꾸기 시작한 것이다.

강렬한 파괴 욕구가 끓어오르고, 욕망이 이성을 잡아먹으며 그 몸집을 키웠다.

"크르르르……."

짐승 같은 울음소리가 흘러나왔다. 등 뒤에 돋아난 박쥐의 날개가 펄럭였다.

"호오."

강우의 눈이 반짝였다. 천명호의 변신을 지켜본 그의 입에서 짧은 탄성이 흘러나왔다.

'이제까지 중에서 가장 악마에 가깝게 변했네.'

지구에 온 뒤 마기를 받아들인 인간을 여럿 만났지만, 천명호처럼 악마에 가깝게 변한 존재를 보는 것은 처음이었다.

'하지만.'

강우는 짙게 웃었다.

악마가 됐다고 해서 달라지는 것은 없었다. 6차 각성에 가까워진 강우의 힘은 랭커라고 불리는 차연주와 비슷한 수준이었다. 악마화로는 그 차이를 뒤집을 수 없었다.

"어서 저 새끼를 죽여!"

김영훈이 소리쳤다.

악마로 변한 천명호에게서 전해지는 강력한 힘! 그것이 그의 자신감을 부추겼다.

'결국, 승리하는 건 나다.'

항상 그래왔다. 그에게 고난과 역경은 삶을 지루하지 않게 만드는 짧은 흥밋거리에 불과했다. 그는 승리자로 태어났고, 실제로 패배한 경험 따위는 존재하지 않았다.

'너희 같은 벌레들은 그 주제에 맞게 기어 다니면 되는 거야.'

김영훈은 김시훈과 그의 동료들을 바라보며 짙은 미소를 지었다.

"크아아아아아!"

그런 그의 생각에 호응하듯 악마화가 끝난 천명호가 괴성을 내질렀다. 섬뜩한 붉은빛이 흘러나오는 그의 눈이 강우를 향하고 등 뒤에 돋아난 박쥐의 날개가 펄럭였다. 천명호의 거구가 무시무시한 속도로 강우를 향해 날아갔다.

"하하하하하! 네놈은 이제 끝났……."

우드드드득!

섬뜩한 파골음과 함께 강우와 격돌한 천명호의 거구가 뒤로 팅겨져 나갔다. 괴물로 변한 그가 허무할 정도로 쉽게 바닥을 구르는 모습은 비현실적으로 느껴졌다.

"…어?"

김영훈은 믿어지지 않는다는 표정을 지었다.

쿠웅! 콰드드득!

"크아아아아아!!"

무시무시한 폭력이 이어졌다.

강우라고 불린 정체불명의 난입자는 뒤로 튕겨져 나간 천명호를 향해 사납게 달려들었다. 검은색 기운으로 뒤덮인 그의 주먹이 바닥에 쓰러져 있는 천명호를 두들겼고 주먹을 한 번 휘두를 때마다 폭탄이 터진 것 같은 굉음이 흘러나왔다. 인간과 악마의 역할이 뒤바뀐 것 같은 기묘한 상황. 기껏 악마로 변신한 천명호가 무안해 보일 정도였다.

'뭐야.'

믿고 있던 천명호가 무슨 복날 개 맞듯 일방적으로 쥐어 터지고 있는 모습에 김영훈은 입을 쩌억 벌렸다.

"뭐야, 저 새끼……."

김영훈의 몸이 바들바들 떨리기 시작했다.

농밀한 공포가 그의 몸을 잠식했다. 그는 무언가가 잘못되어 가고 있다는 사실을 깨달았다.

'랭커라도 되는 건가?'

마기를 사용한 천명호를 저렇게 일방적으로 두들겨 패기 위해서는 그의 아버지나 차연주급이 아니면 불가능했다.

김영훈은 새파랗게 질린 표정으로 몸을 돌렸다.

그가 랭커든 아니든 그것은 중요하지 않았다. 중요한 것은 천명호가 당한 후 다음 타깃은 그가 될 것이라는 사실뿐이었다. 김영훈은 뒤도 돌아보지 않고 도망치기 시작했다.

"허억! 허억!"

숨이 거칠어졌다. 게이트 입구로 향하는 길이 너무나도 길게 느껴졌다.

'아, 아버지에게… 아버지에게 연락해야 해!'

그는 언제나 그랬듯 그의 아버지를 찾았다. 김재현이라면 이 상황을 해결해 줄 수 있다고, 그에게 승리를 가져다줄 거라고 생각했다.

김영훈은 품속에서 주먹만 한 구슬을 꺼내 들었다. 게이트 안에서 밖으로 연락할 수 있는 마도구였다. 그는 의식을 집중시켜 구슬을 작동시키려고 했다. 그때였다.

퍼억!

"커헉!"

강렬한 충격과 함께 그의 몸이 바닥을 굴렀다.

"네, 네놈……!"

김영훈은 창백하게 질린 표정으로 그를 넘어뜨린 존재를 올려다보았다. 강우라고 불렸던 정체불명의 난입자가 즐겁다는 듯이 미소를 지으며 그를 내려다보고 있었다.

"어딜 그렇게 열심히 도망쳐?"

"너, 넌 누구냐!"

"아니, 너희는 왜 당황하는 레퍼토리가 하나같이 비슷하냐."

강우는 싱겁다는 듯이 바닥에 쓰러진 김영훈의 앞에 쪼그려 앉았다.

"내놔."

"무, 뭘……?"

"김재현하고 연락하려고 했잖아?"

강우는 김영훈이 들고 있는 투명한 수정구슬을 가리키며
말했다. 김영훈은 덜덜 떨리는 손으로 그에게 수정구슬을 내
밀었다.

그에게서 투명한 수정구슬을 받아든 강우는 바로 마도구를
작동시켰다. 몇 번의 신호음 끝에 수정구슬에서는 강우가 기
다리고 있던 목소리가 흘러나왔다.

[무슨 일이냐.]

딱딱한 중저음의 목소리. 강우는 수정구슬을 통해 들려오
는 김재현의 목소리에 짙은 미소를 입가에 머금었다.

"네가 김재현이냐."

[…누구지.]

"음……. 네 아들을 인질로 잡은 사람이라고 하면 대충 상황
파악이 되려나?"

[…….]

무거운 침묵이 내려앉았다. 하지만 강우는 그 침묵 속에서
도 김재현의 숨소리가 거칠어진 것을 어렵지 않게 깨달을 수
있었다.

'꽤나 놀란 모양이군.'

놀라지 않는 것이 오히려 이상한 상황이었다. 자신의 아들이 인질로 잡혔다는 소식에 침착함을 유지할 아버지는 흔치 않았으니까.

"아, 아버지! 이, 이 빌어먹을 자식이 감히……!"

퍼억!

"커헉!"

강우는 수정구슬을 향해 달려드는 김영훈의 배를 거칠게 걷어찼다. 그의 몸이 활처럼 꺾이며 고통에 찬 신음이 흘러나왔다.

"넌 가만히 찌그러져 있어."

강우는 구속의 권능으로 마기의 쇠사슬을 만들어 김영훈의 몸을 결박했다. 번데기처럼 쇠사슬에 묶인 김영훈이 발작하듯 몸을 비틀며 소리쳤다.

"이, 이거 풀어, 이 새끼야!!"

"하, 이 새끼 참, 말 안 듣네. 사춘기냐?"

강우는 필사적으로 몸을 비트는 김영훈의 머리를 걷어찼다. 둔탁한 소리와 함께 김영훈의 입에서 피가 흘러나왔다.

[그만.]

"흐응. 그래도 꼴에 아버지라고 아들 걱정은 좀 되나 봐?"

[…원하는 게 뭐지.]

김재현은 분노가 서린 목소리로 물었다. 지금 상황에 대한 판단이 빠르게 끝난 모양.

강우는 김영훈에 비해 훨씬 더 말이 잘 통하는 김재현의 태도에 만족스러운 미소를 지었다.

"네 아들을 구하고 싶으면 지금 당장 목동 C급 게이트 앞으로 튀어와."

[…당연히 혼자 오라는 의미겠지?]

"하하하하하!"

그의 물음에 강우는 가볍게 웃음을 터뜨렸다.

"혼자 오란다고 진짜 혼자 올 거야? 아니잖아?"

[……]

"난 너 같은 놈들을 잘 알고 있거든. 이리저리 상황 꼬지 말고 알아서 준비해 와."

다른 병력을 끌고 오고 싶으면 얼마든지 데리고 오라는 의미. 광오한 그의 말에 김재현은 헛웃음을 흘렸다.

[제정신인가?]

"아니, 배려를 해줘도 지랄이네. 그럼 혼자 오시든가요."

[…그 말, 후회하게 해주지.]

"예, 예. 기대하고 있겠습니다."

강우는 건성으로 대답하며 김영훈의 오른쪽 발목에 발을 올렸다.

"20분 안에 튀어오지 않으면 그때마다 네 아들놈 팔다리를 하나씩 작살낼 테니까 그렇게 알고 있어."

[허······.]

김재현의 목소리에 숨길 수 없는 노기가 드러났다.

[정부 직속 부대가 고문 같은 것을 해서 뒷감당을 할 수 있 겠나? 그것도 나, 김재현의 아들을?]

"응? 정부?"

아무래도 천명호와 같이 그를 화랑부대라고 생각하고 있는 모양. 강우는 피식 웃음을 흘리며 말을 이었다.

"난 정부 직속 부대가 아닌데?"

[···설마 지금 네놈 혼자인가?]

"어. 아직 싱글이야."

[미친놈이군.]

김재현은 농담조로 말하는 강우의 목소리에서 진심을 읽었 다. 진짜 그가 '혼자서 이런 정신 나간 짓을 벌였다는 생각이 그의 머릿속에 떠올랐다.

[내가 누군지 알고 이런 짓을 벌인 거냐.]

김재현은 노기에 찬 목소리로 물었다.

그는 세계적인 기업 미르전자의 회장이자 국내 5대 길드 중 하나인 미르 길드의 길드장이었다. 단순히 재력만 있는 것도 아니고, 그에게는 정부의 고위층도 함부로 할 수 없는 막강한 권력 또한 있었다. 그 모든 것을 제쳐두더라도 그는 백강현, 차 연주와 어깨를 나란히 하는 강력한 플레이어였다.

재력, 권력, 무력. 그 모든 것에서 국내 최강자의 반열에 올라서 있는 존재. 설사 월드 랭커라 하더라도 이런 미친 짓을 혼자서 벌일 수는 없었다.

"하하하!"

강우의 입에서 밝은 웃음소리가 터져 나왔다.

그는 김영훈의 오른 발목을 밟고 있는 발에 힘을 더했다. 김영훈의 공포에 질린 비명이 울려 퍼졌다.

"너는 나 알아?"

[…….]

"모르지?"

우드드득.

뼈가 어긋나는 소리와 함께 김영훈의 발목이 기이한 각도로 꺾었다. 김영훈은 눈물을 흘리며 고통에 몸부림쳤다.

강우는 그 모습을 가만히 내려다보며 짙은 미소를 지었다. 악마를 연상케 만드는 섬뜩한 미소였다.

"모르면 맞아야지."

"아아아아아악!! 아, 아파! 아파아아아아아!"

김영훈의 애처로운 비명이 울려 퍼졌디.

[그만!]

수정구슬을 통해서 김재현의 다급한 목소리가 흘러나왔다. 강우는 김영훈의 발목에서 발을 떼어냈다.

"흑……. 흐으윽."

살면서 이런 고통을 느껴본 적이 없었을 김영훈은 기괴한 방향으로 꺾인 자신의 발목을 부여잡으며 눈물을 흘렸다.

강우는 수정구슬을 향해 덤덤한 목소리로 말을 이었다.

"20분이야. 20분 후에 안 나타나면 다른 쪽 다리도 작살 날 거야."

조금의 자비도, 인정도 느껴지지 않는 목소리. 오히려 이 상황을 즐기고 있는 것처럼 느껴지는 그 목소리에 김재현의 분노가 폭발했다.

그는 섬뜩한 살기가 느껴지는 목소리로 대답했다.

[나는 네가 누군지 모른다. 네가 뭘 원하는지도 모른다. 몸값을 원해서 이런 일을 벌였다면, 이미 돌이키기에는 늦었다. 난 너를 찾을 것이다. 찾아내서… 죽여 버릴 것이다.]

씹어뱉듯 내뱉는 그의 말에 강우는 피식 웃음을 흘렸다.

"굿 럭."

파각.

산산이 박살 난 수정구슬이 바닥에 흩어졌다.

"자… 그럼."

강우는 덜덜 몸을 떨고 있는 김영훈을 향해 몸을 돌렸다.

김영훈이 창백하게 질린 표정으로 그를 올려다보고 있었다. 발목에서 전해지는 고통을 잊을 만큼 더욱 큰 공포에 휩싸인 모습.

"사, 살려줘! 제, 제발! 도, 돈이 필요한 거냐? 내가 아버지에게 부탁하면 얼마든지……!"

"돈도 좋긴 한데, 내가 원하는 건 그런 게 아니라서 말이야."

강우는 김영훈 앞에 쪼그려 앉았다. 그는 방금 사람 하나의 다리를 무자비하게 박살 냈다고는 생각할 수 없을 정도로 평온한 표정을 짓고 있었다. 오히려 이럴 때는 아무런 감정의 동요도 없어 보이는 표정이 더 무서운 법이었다.

김영훈은 바들바들 몸을 떨었다.

그의 입가에서 애처로운 목소리가 흘러나왔다.

"그, 그럼 원하는 게 뭐야……?"

"지구의 안녕과 평안이지."

강우는 망설임 없이 답했다. 그의 말에 김영훈은 거칠게 입술을 깨물었다. 강우가 거짓말을 하고 있다고 생각하는 듯한 표정.

"허, 헛소리하지 말고 원하는 걸 말해!"

"아, 이걸 안 믿어주네."

강우는 아쉽다는 표정으로 김영훈을 바라보았다.

그의 목적은 악마교의 완전한 박멸. 과정이야 어떻든 결과만 놓고 생각한다면 거짓말은 아니었다. 악마교는 지구를 지옥으로 만들고 싶어 하는 존재였으니까.

"이제 슬슬 준비하자고."

"주, 준비······?"

강우의 손이 김영훈의 머리로 향했다. 김영훈의 입에서 히스테릭한 비명이 터져 나왔다.

"제, 제발!! 사, 살려줘! 아니, 사, 살려주세요!"

"이거 참 괜히 멀쩡한 사람 나쁜 사람 만드네. 안 죽여, 인마."

"그, 그렇다면······."

"아버지를 만날 준비를 해야지."

꿀꺽.

김영훈의 목을 타고 마른 침이 삼켜졌다. 그의 눈빛에 희망의 빛이 떠올랐다.

김재현. 모든 것이 완벽한 그의 아버지라면 이 처참한 상황에서 그를 구해줄 수 있다는 생각이 들었다.

'네놈이 뭘 믿고 이러는지는 모르겠지만.'

그의 아버지라면 이 정신 나간 인간을 처리해 주실 것이 분명했다.

"다행이야."

"···다행이라고?"

"그래."

강우는 입가에 짙은 미소를 지으며 김영훈의 머리 위에 손을 올렸다. 그러자 그가 품고 있는 666개의 권능 중 하나가 발현됐다. 폭발적으로 뿜어져 나온 마기가 김영훈의 머릿속으로 들어갔다.

"커헉! 컥!!"

곧 김영훈의 눈이 돌아가며 흰자위가 드러났다. 그리고 입술을 타고 흘러내린 거품이 그의 옷을 적셨다.

강우는 바들바들 몸을 떠는 김영훈을 바라보며 나지막이 말을 이었다.

"김재현이 널 사랑해서 다행이야."

아들에 대한 아버지의 사랑. 김재현의 분노에서 그 사랑을 선명하게 느낄 수 있었다.

"사랑에 빠진 사람은 이용하기 쉽거든."

강우는 웃었다.

김영훈에게 권능을 사용하여 '계획'의 준비를 마친 강우는 김시훈 파티를 데리고 바로 게이트 밖으로 나왔다. 그곳에는 김영훈을 습격하기 전, 그의 연락을 받고 모인 레드로즈 길드와 화랑 3군의 병력이 모여 있었다.

"저분들은?"

"어? 레, 레드로즈의 차연주와 화랑 3군단장 백화연 아니오?"

밖으로 나온 한설아와 강태수의 눈이 커졌다.

"나중에 설명해 줄게. 우선 지금은 시훈 씨를 데리고 안전한 곳으로 피해 있어줘."

"하, 하지만……."

"강우! 연락해 놓고 코빼기도 안 보이기에 어디 있나 했어."

게이트 밖으로 나오자 차연주가 다가왔다.

한설아는 뉴스 기사로만 보던 차연주가 강우에게 아는 척을 하자 몹시 당황스러운 표정을 지었다.

"가, 강우 씨 혹시 레드로즈의 길드장님과 친분이 있으셨던 건가요?"

"악연이 좀 있었어."

"그건 내가 할 소리지."

차연주는 가늘게 눈을 뜨며 강우를 째려보았다.

그녀는 한설아를 향해 고개를 돌렸다.

"뭐… 나에 대해서는 알고 있는 것 같고. 넌 누구야?"

"하, 한설아라고 합니다."

"흐응."

차연주의 시선이 한설아를 살폈다. 위아래로 움직이던 그녀의 눈이 한설아의 흉부로 향했다.

"큿!"

그녀의 이마에 굵은 혈관이 돋아났다. 차연주는 가볍게 심호흡을 하며 말을 이었다.

"강우랑은 무슨 사인데?"

"차, 차연주 씨야말로 강우 씨랑은 무슨 사인가요? 그리고 왜 강우 씨를 그렇게 치, 친근하게 부르시는 거죠?"

한설아는 자기 딴에는 눈에 힘을 준다고 생각하며 그녀를 노려보았다.

'전혀 사나워 보이지는 않지만.'

마치 호랑이 앞에서 고양이가 발톱을 세운 듯한 모습이었다.

강우는 묘한 신경전을 벌이는 둘을 말렸다.

"서로 소개는 나중에. 지금은 그게 중요한 게 아니잖아. 그리고 설아 너는 다른 파티원들 데리고 돌아가 있어."

"아……."

"일이 끝나면 집에 가서 사정을 설명해 줄게."

"예, 강우 씨."

한설아는 살짝 서글픈 표정을 지었지만 이내 고개를 끄덕이고는 태수와 함께 게이트 주변을 떠났다. 그녀의 뒷모습을 가만히 바라고 있던 차연주가 강우에게 시선을 옮겼다.

"그래서, 그 미끼를 문 물고기는 누구야?"

"여기."

강우는 질질 끌고 오던 김영훈을 바닥에 던졌다. 차연주의 눈이 날카롭게 빛났다.

"역시 미르 길드였군."

"예상이라도 하고 있었어?"

"그냥 막연하게 이놈들이 아닐까 생각만 했어. 대형 길드 중에 그런 미친 짓을 할 놈들은 이놈들 말고는 생각이 안 났거든."

다분히 차연주의 개인적인 감정이 들어간 추측이었다.

'사이가 좋지 않다고 했던가.'

이전 강성수에게 들었던 말이 떠올랐다.

차연주의 말이 이어졌다.

"그래서, 이제 이놈을 심문해서 정보를 캐내면 되는 거지?"

"아니. 어차피 김영훈은 곁가지에 불과해. 정확한 정보는 모를 거야."

"그렇다면……."

"김재현을 불렀어. 20분 안에 이곳으로 올 거야."

"……!"

아무렇지 않게 내뱉은 그의 말에 차연주와 백화연의 표정이 딱딱하게 굳었다.

"자, 잠깐! 김재현을 불렀다고?"

그녀는 깜짝 놀란 표정으로 바닥에 쓰러진 김영훈을 내려다 보았다. 한 가지 생각이 그녀의 머릿속에 스쳐 지나갔다.

"설마… 김영훈을 인질로 잡은 거야?"

"아들에 대한 사랑이 남다르더라고."

"아니, 이런 미친……."

차연주는 어처구니없다는 표정으로 그를 바라보았다. 백번 양보해서 김영훈을 인질로 사용한 것 자체는 그럴 수 있다고 쳐도 지금 바로 이곳으로 불러내다니?

"…김재현이 가만히 있지 않을 거야."

"가만있지 않으려고 한 일이야."

강우는 태연한 표정으로 대답했다.

"하아……. 그래서 아까 연락할 때 될 수 있는 대로 병력을 다 끌고 오라고 한 거였구나."

차연주는 깊은 한숨을 내쉬었다. 설마 이렇게 갑작스럽게 미르 길드와의 전면전이 펼쳐질 거라고는 예상하지 못했다.

'어차피 언젠가는 일어날 일이긴 했는데…….'

미르 길드가 악마교와 연관되어 있다는 것이 확실해진 이상 그들을 가만히 내버려 둘 수는 없었다. 악마교의 꼬리를 잡기 위해서는 미르 길드와의 전면전이 필연이었으니까.

'설마 그 언젠가가 지금일 줄은 몰랐다고.'

그녀는 가볍게 입술을 깨물었다. 급하게 연락을 받고 오느라 레드로즈 길드의 모든 점에 병력을 끌어오지는 못했다.

백화연도 사정은 마찬가지였다. 원래라면 대형 길드와 정부의 힘이 합쳐진 쪽으로 기울어야 할 힘의 추가 평행을 이루게 되어버렸다.

"괜찮아. 싸움은 어렵지 않을 거야."

강우는 덤덤한 말투로 말했다.

백화연이 눈살을 찌푸리며 물었다.

"미안하지만 지금 연주의 길드도, 우리 3군도 모든 병력을 끌고 오지는 못한 상태다. 미르와 전면전이 펼쳐진다면 어렵지 않은 싸움이 될 수가 없다. 지금 그대의 행동은 너무 성급했던 것이 아닌가?"

"화연 씨, 만약 적군과 싸울 때 적장이 이성을 잃고 달려들면 어떨 것 같습니까?"

"…당연히 싸움에서 승리하겠지."

"네. 그렇게 될 겁니다."

마치 미래를 예언하는 것처럼 확신에 찬 말. 백화연의 표정이 의문으로 물들었다.

"설마 김재현이 이성을 잃고 달려들 거라고 말하고 싶은 건가?"

"아들에 대한 아버지의 사랑은 무한하니까요."

강우는 어깨를 으쓱였다.

차연주가 딱딱하게 굳은 표정으로 고개를 저었다.

"김영훈은 생각 없는 망나니라고 해도 김재현은 달라. 아무리 김영훈이 인질로 잡혀 있다고 해도 그렇게 이성을 잃고 달려들지는 않을 거야."

김재현은 미르전자라는 굴지의 기업의 회장직을 맡고 있을 만큼 냉철하고, 계산적인 인간이었다.

그녀의 말에 강우는 가볍게 웃었다.

"아니. 달려들 거야."

"…눈앞에서 팔다리라도 작살낼 생각이야?"

그녀는 김영훈의 오른쪽 발을 힐끗 쳐다보며 물었다.

강우는 피식 웃음을 흘리며 고개를 저었다.

"설마, 김재현이 고작 그 정도로 이성을 잃겠어?"

"…너, 대체 무슨 짓을 할 생각이야."

차연주는 오싹함을 느끼며 강우를 노려보았다. 강우는 그녀의 물음에 대답하지 않고 도로 쪽으로 시선을 옮겼다.

"도착한 모양이네."

"웃……?"

우우우우우웅!!

스무 대에 가까운 SUV 차량이 도로를 질주해 오고 있었다. 차들은 게이트 입구에 설치된 바리케이트까지 박살 내고 나서야 일행의 앞에 멈춰섰다.

달칵.

곧 차량의 문이 열리며 점잖은 인상의 중년 사내가 내렸다. 머리를 올백으로 넘긴 그 사내에게서는 숨 막히는 살기가 피어오르고 있었다.

"…역시 너희가 벌인 일이었군."

차에서 내린 김재현이 살기가 가득한 눈빛으로 차연주와 백화연을 노려보았다. 그의 눈동자가 빠르게 움직였다.

"어설픈 놈들이군. 내 아들을 인질로 잡았다고 끝이라고 생각하나?"

그는 순식간에 레드로즈 길드와 화랑부대가 전력이 아님을 파악했다. 김재현의 눈빛에 짙은 살기가 맺혔다.

"아까 그놈은 어디에 있지?"

"여기야."

강우는 마치 친구에게 인사라도 하듯 태평한 목소리로 손을 흔들었다. 김재현에게서 흘러나오는 살기가 한층 더 짙어졌다.

"도망가지 않은 것에 감사하지."

탁탁.

차량의 문이 열리며 200명에 가까운 미르 길드원들이 우르르 내렸다. 김재현은 강우를 노려보며 말을 이었다.

"그래서, 내 아들은 어디 있지?"

"자, 여기 있어."

강우는 그렇게 말하며 바닥에 쓰러진 김영호의 몸을 가볍게 들어 집어 던졌다.

"회장님!"

"위험합니다!"

순식간에 나타난 두 사람이 김재현의 앞을 가로막았다. 김영호의 몸에 폭탄이라도 설치되어 있다고 생각한 모양이었다.

턱.

"……."

"무슨……."

무거운 침묵이 내려앉았다.

무슨 일이 일어날 것이라 생각한 것과는 달리 아무 일도 일어나지 않았다. 심지어 김영훈의 몸이 바닥에 착지하기 직전, 검은색 구름 같은 것이 만들어지더니 그의 몸이 다치지 않도록 부드럽게 바닥에 내려놓았다.

"…비켜라."

"잠시 기다려 주십쇼, 회장님. 아직 무슨 함정인지……."

"비키라고 했다."

김재현은 부하들을 밀치며 바닥에 쓰러진 김영훈의 몸을 들어 올렸다. 아들을 안아 든 그의 몸이 가늘게 떨렸다.

"무슨 생각으로 이런 짓을 했는지는 모르겠지만……."

폭발할 정도의 마력이 그의 몸 주변으로 휘몰아쳤다. 김재현은 살기가 가득 담긴 눈빛으로 강우를 노려보았다.

"이로써 네놈의 승산은 없어졌다. 처절하게, 비참하게 죽여주마."

김재현은 사납게 이를 드러내며 말했다.

"으, 으으……."

그때, 기절해 있던 김영훈이 정신을 차렸다.

"영훈아!"

김재현은 살기를 거두며 자신의 아들을 끌어안더니, 천천히 눈을 뜨고 있는 김영훈의 뺨을 조심스럽게 쓰다듬었다. 그에 대해서 모르는 사람이 본다면 가슴이 짠해질 정도로 애절한 장면이었다.

"아, 아……."

김영훈의 눈이 뜨였다. 그는 고개를 들어 주변을 둘러보다가, 이내 자신을 끌어안고 있는 김재현에게 시선을 옮겼다.

곧 그의 몸이 공포에 질린 듯 덜덜 떨리기 시작했다. 강우에게 당했던 무자비한 폭력에 대한 공포가 아니었다. 그의 공포는.

"아, 아저씨는… 누구세요?"

김재현을 향하고 있었다.

"뭣……?"

김재현의 두 눈이 부릅떠졌다. 그는 무슨 소리를 하냐는 표정으로 김영훈을 내려다보았다.

"영훈아, 나다. 네 아버지다!"

"무, 무슨 소리를 하시는 거예요, 아저씨?"

김영훈은 경계하듯 그를 노려보았다. 마치 자신의 아버지에 대한 기억이 말끔하게 사라진 것 같았다.

"여, 영훈아."

김재현의 두 눈이 떨렸다. 김영훈이 자신을 기억하지 못한다. 마치 타인인 듯, 경계하고 있다. 그 사실이 주는 커다란 충격이 그의 몸을 떨리게 만들었다.

"아, 아아……."

김재현은 자신의 입을 막았다. 속이 뒤틀리는 기분에 당장에라도 구역질이 쏟아질 것 같았다.

아득함이 그의 머리를 새하얗게 만들었다. 자신을 '아저씨'라고 부르는 김영훈의 모습이 어딘가 낯설게 느껴졌다.

"무슨, 짓을 한 거냐."

김재현은 덜덜 떨리는 몸으로 고개를 돌렸다. 시선의 끝에 짙은 미소를 짓고 있는 강우의 모습이 보였다. 그의 웃음을 보는 것만으로, 참을 수 없는 감정이 김재현의 안에서 끓어올랐다.

"무슨 짓을 한 거냐고 물었다!"

김재현은 소리쳤다.

두 눈을 부릅떴고, 목소리는 찢어질 것처럼 날카로웠다. 점잖은 신사 같았던 그의 분위기가 한 번에 망가졌다. 그럴 수밖에 없었다. 아니, 지금 상황에서 이성을 유지하는 것이 있을 수 없는 일이었다. 자신의 아들이, 그가 사랑하는 혈육의 기억이 도려내졌다. 그것은 팔다리가 뜯겨 나가져 있는 것보다 큰 충격이자, 공포였다.

만약 김영훈이 눈앞에서 죽는다면 이런 기분일까?

김재현은 알 수 없다고 생각했다. 차라리 김영훈이 죽었다면 이런 아득한, 형체가 없는 무언가를 손으로 짚은 듯한 감각은 느껴지지 않을 거라 생각했다.

"빠, 빨리 놔요, 아저씨! 그보다 여기 어디야?"

김영훈이 발버둥 쳤다. 그가 자신을 아저씨라고 부를 때마다 이성의 끈이 툭툭 흔들리는 기분이었다.

"너, 너……."

김재현은 강우를 노려보며 덜덜 몸을 떨었다.

김영훈을 품에서 놓은 그는 천천히 자리에서 일어섰다. 세상이 무너지고 있는 듯한 감각이었다. 아니, 이미 무너졌다는 생각이 들었다. 강렬한 살기가 끓어올랐다.

"회, 회장님."

"진정하세요!"

그의 옆에 있던 미르 길드의 간부들이 그를 말렸다. 하지만 지금 김재현에게 그들의 목소리가 들릴 리가 없었다.

김재현은 강우의 입가로 시선을 옮겼다. 그의 입가에 미소가 낙인처럼 그의 머리에 새겨졌다. 깔깔거리는 웃음소리가 들려오는 것 같았다. 간신히 이어지고 있던 이성의 끈이 너무도 간단하게 끊어졌다.

"이 개자시이이이이이익!!"

마력이 폭발하며 주변의 땅이 메마른 땅처럼 갈라졌다.

국내에서 열 손가락 안에 뽑히는 플레이어. 랭커의 최소 자격이라고 할 수 있는 8차 각성을 넘어 9차 각성에 도달한 인간. S등급 특성을 4개나 가지고 있다고 전해지는 그가 폭주하기 시작했다.

쿵! 쿵!

그의 몸이 앞으로 쏘아졌다. 지진이라도 난 것처럼 주변 땅이 뒤흔들리고 폭발하는 마력에 길가의 콘크리트가 뒤집어졌다.

황금색으로 빛나는 마력이 그의 양손에 맺혔다. 단순히 마력이 서린 것이 아닌, 명확한 형태를 띠고 있는 마력. 무협지에서 말하는 강기(罡氣)와 비슷한 기운이었다. 유형화된 마력을 두른 그가 앞뒤 가리지 않고 강우를 향해 달려들었다.

"어딜!"

그런 그의 앞을 가로막은 것은 차연주였다. 차연주의 양손에서 가시가 돋친 붉은 쇠사슬이 뿜어져 나와 김재현의 몸을 둘러쌌다. 김재현은 자신과 같이 유형화된 마력이 서린 붉은 쇠사슬을 향해 주먹을 휘둘렀다.

콰아아앙!!

거대한 폭음과 함께 강력한 힘의 파동이 주변을 뒤흔들었다. 더 이상 인간이라고 부르는 것이 무안할 정도로 초인적인 파괴력. 주먹과 쇠사슬의 격돌에 대전차포를 연상케 하는 폭발이 일어났다.

"비켜!"

이성을 잃은 김재현이 자신을 앞을 가로막은 차연주를 향해 소리쳤다. 차연주는 맹수처럼 달려드는 김재현을 향해 다시금 붉은 쇠사슬을 뿌렸다.

쿠우웅!

"크윽!!"

김재현이 국내에서 열 손가락에 꼽히는 플레이어라고 하나 차연주 또한 그 반열에 속해 있었다. 붉은 쇠사슬이 마치 살아 있는 것처럼 김재현의 몸을 타고 올라왔다. 날카롭게 박힌 가시에 그의 피부가 찢겨 나갔다.

김재현은 몸을 타고 올라오는 쇠사슬을 잡아 뜯어냈다. 붉은 쇠사슬이 옆으로 떨어져 나갔다. 쇠사슬에 뜯겨 나간 피부에서 검붉은 피가 흘러나오기 시작했다.

김재현은 상관하지 않았다. 그는 자신의 앞을 가로막은 차연주를 무시한 채 앞으로 달려 나가려고 했다.

"하압!"

그러나 백화연이 그의 돌진을 막아냈다. 새하얀 장검이 김재현을 목을 노리고 휘둘러졌으나 김재현이 마력을 두른 주먹으로 새하얀 장검을 쳐냈다. 무식한 그의 힘에 백화연이 뒤로 밀려났다.

"쿨럭!"

백화연의 입에서 기침이 터져 나왔다. 그녀는 차연주, 김재현보다는 한 단계 낮은 경지였다. 정면에서 김재현의 돌진을 막아내기는 힘들었다.

"화연아! 일단 뒤로 물러서!"

"알겠다!"

백화연은 고개를 끄덕이고는 김재현과 거리를 벌렸다. 곧 비어 있는 정면을 향해 차연주가 몸을 움직였다.

차연주가 양팔을 넓게 펼치자 그녀의 손목에 채워져 있는 팔찌가 붉은빛을 뿜어냈다. 그러자 붉게 빛나는 팔찌에서 폭발하듯 붉은 쇠사슬이 뿜어져 나왔다. 팔찌는 전설급 무기인 '피에 굶주린 사슬'. 차연주의 트레이드마크라고 할 수 있는 강력한 무구였다.

차르르르륵!

붉은 쇠사슬이 한곳에 뭉쳤다. 거대한 철퇴처럼 뭉친 쇠사슬이 김재현에게 쏘아졌다. 감히 무시할 수 없는 그 공격에 김재현은 오른 주먹을 들어 올렸다.

그를 향해 쏘아지던 쇠사슬 뭉치가 그물처럼 넓게 퍼졌다. 뒤로 물러서지 않으면 꼼짝없이 그물에 잡히는 상황.

그런 최악의 상황에서도 김재현은 뒤로 물러서지 않았다.

그는 마치 그를 집어삼키려는 그물이 보이지 않는다는 듯이
앞으로 돌진했다. 김재현의 몸 전체가 쇠사슬에 뒤덮였다.

"으아아아아아아!!"

김재현이 날뛰었다.

날카로운 가시가 박힌 쇠사슬의 그물에서 날뛴 대가는 적
지 않았다. 가시에 걸린 그의 피부가 뜯겨져 나갔다. 하지만,
김재현은 피부가 뜯겨져 나가는 것도 상관하지 않았다.

그는 날카로운 가시가 돋아 있는 쇠사슬을 양손으로 움켜
쥐었다. 유형화된 마력이 맺힌 그의 양팔 근육이 터질 듯이 부
풀어 올랐다.

우드드득!

단단한 쇠사슬이 마치 얇은 밧줄처럼 뜯겨져 나갔다.

"비키라고 했다아아아!!"

김재현의 광기에 찬 목소리가 울려 퍼졌다.

쇠사슬이 뜯겨 나간 틈을 비집고 빠져나온 그의 몸은 끔찍
한 상처로 뒤덮여 있었다. 몸 곳곳의 떨어져 나간 살점에서 피
가 쏟아져 나왔다.

당장 죽는다고 해도 이상하지 않을 정도로 큰 상처. 하지만
80레벨을 넘어 9차 각성에 도달한 그의 몸은 이정도 상처로는
쓰러지지 않았다.

"이런 미친……"

광기에 찬 그의 모습에 도리어 당황한 것은 차연주였다.

'설마 이 공격을 정면으로 뚫어내다니.'

전설급 무기, 피에 굶주린 사슬에는 에너지 드레인이라는 특수 효과가 붙어 있었다. 사슬에 돋친 가시에 살점이 뜯겨 나간 순간 상당량의 체력을 앗아가는 효과. 하지만 광기에 찬 김재현의 기세는 조금도 누그러지지 않았다.

'죽더라도 달려들 생각이야.'

차연주의 표정이 딱딱하게 굳었다.

"으아아아아!"

김재현의 돌진이 다시 시작됐다.

뒤로 물러나 있던 백화연이 발을 박찼다.

"연주! 지원을 부탁한다!"

"알았어!"

차연주는 백화연을 향해 손을 뻗었다. 붉은 쇠사슬이 백화연의 앞에 뭉쳐 단단한 보호막으로 변했다.

쿠우우웅!!

김재현이 진각을 밟자 주변 10여 미터의 땅이 터져 나갔다. 그는 몸을 비틀어 오른 주먹이 들어 올린 후 틴력을 이용하여 주먹을 내질렀다. 주먹에 맺힌 마력이 넓게 퍼져 나가고 무시무시한 충격이 백화연을 덮쳤다.

그녀는 차연주가 만들어준 사슬의 방패 뒤에 몸을 숨겼다.

유형화된 마력이 사슬을 터뜨리는 데 성공했지만, 거기까지였다. 백화연이 검을 아래서 위로 올려 치자 사슬을 뚫고 나온 마력이 검에 베여 둘로 갈라졌다.

큰 공격을 쏟아낸 김재현의 몸에 빈틈이 생겼다. 그것을 본 백화연의 눈이 날카롭게 빛났다.

'돌개바람.'

특성 스킬이 발동되며 새하얀 장검에 강렬한 돌풍이 맺혔다. 장검이 눈부신 속도로 휘둘러졌다.

광기에 미쳐 있던 김재현도 다급히 몸을 뒤로 빼낼 정도의 위력. 검날이 아슬아슬하게 그의 몸을 스치고 지나갔다.

촤악!

검날은 가볍게 스쳤지만, 그녀의 검에 맺힌 돌풍까지 피하지는 못했다. 옆구리에서부터 쇄골까지. 기다란 검상과 함께 피 분수가 뿜어져 나왔다.

백화연은 치명상에 가까운 그 상처에 움찔 몸을 떨었다. 김재현이 죽는 것은 곤란했다. 그가 죽으면 악마교에 대한 꼬리를 잡을 수가 없었기 때문이다.

그런 그녀의 망설임이 순간의 틈을 만들어냈다.

"나락(奈落)!"

쿠르르릉!!

김재현이 양 주먹을 들어 바닥에 내려찍었다. 그러자 천둥

소리와 함께 무시무시한 기운이 화산처럼 터져 나오고, 마력의 폭풍이 백화연을 덮쳤다.

"커헉!"

폭풍에 휩쓸려 날아간 백화연이 바닥을 구르며 검붉은 피를 토해냈다. 아찔한 위력을 가진 공격에 그녀는 비틀거리며 몸을 일으켰다. 이대로 가만히 있다가는 이어지는 김재현의 공격에 큰 상처를 입을 수 있었다.

하지만 그런 걱정은 기우였다. 김재현이 노리고 있는 것은 그녀가 아니었다.

"크아아아아아!"

몬스터를 연상케 하는 외침. 전신이 피에 뒤덮인 김재현이 강우를 향해 달려들었다. 그와의 남은 거리는 고작 20여 미터. 그들이 초인적인 신체를 가진 플레이어라는 것을 고려한다면 한 걸음에라도 다가갈 수 있는 거리였다.

"체인 스피어!"

자신을 완전히 무시한 채 강우를 향해서만 달려드는 적을 가만히 놓아줄 정도로 차연주는 녹록하지 않았다. 붉은 쇠사슬 다섯 줄기가 김재현의 뒤를 노리고 쏘아졌다.

쑥. 남은 거리 15미터. 오른쪽 허벅지에 쇠사슬이 박혔다. 푹푹. 남은 거리 10미터. 왼쪽 손목과 팔꿈치를 쇠사슬이 관통했다. 푹. 남은 거리 5미터. 오른쪽 어깨를 쇠사슬이 관통했다. 그리고.

"하아, 하아……."

김재현은 자신의 배를 뚫고 나온 마지막 쇠사슬을 내려다보았다. 그의 입에서 거친 숨이 토해졌다. 입을 타고 흘러내린 피가 턱을 뒤덮었다.

그의 시선이 바로 앞에 서 있는 청년을 향했다. 마치 그를 비웃듯, 짙은 미소를 입가에 머금고 있는 청년의 모습.

"으, 아. 아."

김재현은 남은 모든 힘을 쥐어짜 내 오른 주먹을 휘둘렀다. 하지만 그가 휘두른 주먹에는 유형화된 마력은커녕 희미한 마력조차 담겨 있지 않았다.

툭.

오른 주먹이 강우의 가슴을 힘없이 두들겼다. 김재현은 힘을 다한 듯 바닥에 주저앉았다.

강우는 가볍게 허리를 숙여 김재현과 눈을 마주쳤다. 그와 김재현의 시선이 허공에 얽혔다.

김재현은 당장에라도 끊어질 것처럼 희미한 눈빛으로 그를 바라보았다.

강우는 천천히 손을 뻗어 김재현의 뒤통수를 움켜잡았다. 코가 닿을 것처럼 두 사람의 얼굴이 가까워졌다.

강우의 입에서 나지막한 목소리가 흘러나왔다.

"이제 내가 누군지 알겠니?"

"김재현의 긴급 후송이 끝났습니다! 현재 병원 의료진들과 힐러 클래스 플레이어가 대거 투입하여 치료 중입니다. 다행히 생명에는 지장이 없으며 빠르게 회복 중이라고 합니다."

"알겠다. 언제쯤 회복이 끝날 것 같지?"

"몇 시간 정도면 얼추 움직일 수 있을 때까지 회복이 끝날 것 같습니다."

화랑부대 요원은 자기가 말하면서도 쉽게 믿어지지 않는다는 표정으로 대답했다. 쇠사슬에 온몸이 꿰뚫리고, 쇄골에서 골반까지 오는 기다란 검상을 입었는데도 회복에 몇 시간밖에 안 걸린다니. 그에게 긴급 투입된 의료진과 힐러들이 몹시 뛰어나기도 하지만 그 이상으로 김재현의 회복 속도가 상식을 벗어난 덕이었다.

"회복이 대충 끝나는 대로 마력 구속구를 입히고 조사실로 데려다 놔라."

"예!"

동요하고 있는 병사와 달리 백화연은 침착했다.

그녀는 9차 각성을 마친 플레이어의 신체가 얼마나 초인적인지 잘 알고 있었다. 장기 자체가 크게 훼손되는 경우가 아닌 이상 회복에 오래 걸리지는 않았다.

'그리고 어차피 완전 회복을 원하는 건 아니니까.'

오히려 완전히 회복하게 놔두면 곤란했다. 가벼운 대화만 할 수 있을 정도로만 회복하면 그것으로 충분했다.

"일단 난 저놈들의 뒤처리를 하고 있겠다."

백화연은 차연주와 강우를 바라보며 말했다. 그녀의 시선이 장군을 잃은 병사들, 미르 길드원들을 향해 있었다.

김재현이 폭주해서 바로 제압된 이후 그들은 별다른 반항을 하지 않고 투항하거나 도주했다. 그들을 이끌어주는 존재가 갑자기 눈이 뒤집혀 적진으로 달려가고, 그 누구보다 빠르게 패배해 버렸으니 당연한 결과였다.

특히 김재현이 이끄는 미르 길드는 권력 자체가 김재현 하나에게만 집중된 구조를 가지고 있었기 때문에 더욱 빠르게 상황을 정리하는 것이 가능했다.

백화연이 떠나자 차연주는 강우를 향해 고개를 돌렸다.

"…무슨 짓을 한 거야?"

차연주는 날카로운 눈빛으로 강우를 노려봤다.

강우는 어깨를 으쓱이며 태연하게 말을 이었다.

"김영훈의 기억을 살짝 손봤을 뿐이야."

"…기억을 조작할 수 있는 능력도 있었어?"

"내가 좀 할 수 있는 게 많서는."

"……."

차연주는 굳게 입을 다물었다.

머릿속으로는 지금 그의 전략이 굉장히 훌륭하다는 사실을 이해하고 있었다. 실제로 미르 길드와의 정면 싸움에서 단 한 명의 사상자도 없이 그들을 제압하는 큰 성과를 올릴 수 있었다. 만약 김재현이 도발에 넘어오지 않았다면 꽤나 큰 피해가 있었을 것이 분명했다.

'하지만.'

차연주는 광기에 찬 김재현의 모습을 떠올렸다.

그녀는 그의 광기를 이해할 수 있었다. 아들이 자신의 이름조차 기억하지 못한다니. 절망하지 않는 것이 오히려 이상했다. 무슨 방법을 사용해서 김영훈의 기억을 잃어버리게 만들었는지는 알 수 없었다. 하지만 상상하는 것만으로 속이 울렁거리는 방법이었다. 그토록 사이가 나빴던 김재현과 김영훈에게 동정심이 들 정도였다.

'동정할 놈들은 아니지만.'

이제까지 그들이 뿌려왔던 수많은 고통을 생각한다면 이것은 정당한 징벌일 수도 있었다. 아니, 사실 이것으로도 부족할 것이다. 망나니라고 소문이 자자한 김영훈에게 인생이 망가진 피해자는 두 손으로 꼽을 수 없는 수준이었으니까.

김재현은 말할 것도 없었다. 그가 쌓아 올린 막대한 재화와 권력 아래는 그만큼 많은 시체가 쌓여 있었다.

'권선징악… 인 건가?'

그녀는 복잡한 심경이었다.

악을 징벌하며 선을 권장하기엔 그 악을 징벌한 인간이 조금도 '선'이라는 생각이 들지 않았다. 오히려 작은 악이 더 큰 악에 집어삼켜졌다고 표현하는 것이 옳으리라.

"…너 진짜 정체가 뭐야?"

그녀는 경계 어린 눈빛으로 그를 바라보았다. 오강우라는 인간을 이해할 수 없었다. 이제는 그가 과연 그녀가 조사했던 인간이 맞는지조차 알 수 없었다. 그는 인간으로서 중요한 무언가가 뒤틀려 있었다.

"네가 알고 있는 그대로의 인간이야."

"개소리하지 마. 이건 더 이상 재능의 문제가……."

"차연주."

강우는 그녀의 말을 끊었다. 그와 차연주의 눈빛이 허공에 얽혔다.

곧 차연주가 움찔 떨었다. 섬뜩한 감각이 그녀를 자극했다. 무저갱과 같은 그의 눈빛에 집어삼켜질 것만 같았다.

"나는 네게 도움을 줄 수 있어. 너도 내게 큰 도움이 되고 있지. 그걸로 충분하지 않아?"

"……."

"많은 것을 알 필요는 없어. 모든 것을 이해해야 할 의무도 없어. 눈을 감는다고 세상이 사라지진 않아. 중요한 건 내가 누군지가 아니라 네가 뭘 하고 싶은가야. 전에 복수를 하고 싶다고 말했지?"

"…그래."

"내가 그 복수를 이룰 수 있도록 해줄게. 네 소중한 사람을 죽인 악마교를 뿌리째 뜯어낼 수 있게 해줄게. 그러니까……."

나지막한 그의 목소리가 그녀의 귓가로 흘러들어 왔다.

"눈을 감아."

그녀는 그의 목소리가 무척이나 달콤하게 느껴졌다. 머릿속이 마비될 정도로 황홀하게 느껴졌다. 그 달콤함을 따라간다면 원하는 모든 것이 이뤄질 것만 같은 생각이 들었다.

차연주는 언젠가 지나치듯 보았던 '쓰기에 악마가 아니라, 달콤하기에 악마다'라는 글귀가 떠올랐다. 그때 당시에는 무슨 오글거리는 말이냐며 무시했지만 어째서인지 지금에 와서는 그 글귀가 참 잘 들어맞는다는 생각이 들었다.

'호랑이 새끼를 키우던 게 아니었어.'

차연주는 입술을 깨물었다.

강우의 모습에 다른 무언가가 겹쳐 보였다. 산양의 뿔에, 박쥐의 날개. 활짝 웃고 있는 악마의 모습.

그를 지원해 줬던 것이 혹시 돌이킬 수 없는 실수가 아니었을까, 하는 후회가 밀려왔다.

두 달도 채 되지 않은 시간에 그는 이미 자신과 동급으로 성장해 버렸다. 앞으로는 얼마나 더 강해질지 가늠할 수도 없었다.

'이미 늦었어.'

후회는 아무리 빨라도 늦었다. 엎지른 물을 다시 담을 수는 없었다.

'그렇다면…….'

차연주의 눈빛이 흔들렸다.

어깨까지 오는 밤색 머리칼을 가진, 아름다운 여인의 모습이 머릿속을 스쳐 지나갔다. 정하은. 유독 그녀를 친언니처럼 따랐던 길드원의 이름이었다.

뿌득.

굳게 움켜쥔 주먹에 힘줄이 돋아났다. 참을 수 없는 분노가 끓어올랐다.

차연주의 시선이 강우를 향했다. 복수를 이룰 수 있도록 해 주겠다는 달콤한 말이 떠올랐다. 그가 호랑이든, 악마든 중요하지 않았다. 그녀에게는 악마와 손을 잡아서라도 이뤄야 하는 목적이 있었다.

차연주는 눈을 감았다. 그리고 깊게 숨을 들이쉬며 입을 열었다.

"과정이야 어쨌든, 고마워. 네 덕분에 별다른 피해 없이 김재현을 잡을 수 있었어."

"별말씀을."

강우는 차근차근 정리되고 있는 주변 상황을 둘러보며 말을 이었다.

"이대로 바로 조사실로 갈 거야?"

"물론이지. 어떻게 잡은 단서인데. 저쪽이 반응하기 전에 캐낼 수 있는 건 모두 캐낼 거야."

차연주는 살기를 뿜어내며 말했다. 악마교에 대한 그녀의 증오는 꽤나 깊은 것 같았다.

"강우 너도 같이 갈 거지?"

"가야지."

여기서 가지 않으면 김재현을 사로잡은 이유가 없었다.

차연주는 고개를 끄덕이며 그녀의 차로 걸어갔다.

강우가 그녀의 뒤를 따라 발걸음을 옮겼다.

몇 시간 후. 강우와 차연주, 백화연은 조사실에 앉아 김재현을 기다리고 있었다.

달칵.

곧이어 문이 열리고 전신이 마력 구속구로 구속된 김재현이 끌려왔다. 마치 정신병원에서 쓸 법한 전신 구속구였다.

"……"

자리에 앉은 김재현은 살기를 뿜어내며 강우를 노려보았다. 올백으로 깔끔하게 넘겼던 머리는 봉두난발이 되어 있었고 짙게 드리운 다크서클과 홀쭉해진 뺨이 그의 몸 상태가 정상이 아니라는 것을 알려줬다.

"몇 가지 질문이 있다."

가장 먼저 입을 연 것은 백화연이었다. 그녀는 딱딱한 목소리로 말을 이었다.

"악마교와는 언제부터 거래했지?"

"……"

"소환이라는 것에 대해서 알고 있는 게 있나?"

"……"

"붉은 악마 가면의 남자에 대해서 아는 정보가 있나?"

"……"

이어지는 침묵. 백화연의 목소리만이 허망하게 조사실을 울렸다. 계속해서 질문을 이어가던 백화연은 한 손을 들어 김재현의 뺨을 거칠게 후려쳤다.

퍼억!

쿠당탕!

의사에 앉아 있던 김재현이 바닥에 쓰러졌다.

백화연은 흉흉한 눈빛으로 그를 내려다보았다.

"대답해라. 너는 현재 미르전자의 회장도, 길드의 길드장도 아니다. 정신 나간 사이비 집단과 동조한 범죄자다."

"……."

"대답하라고 했다."

백화연은 난발이 된 김재현의 머리칼을 움켜쥐었다.

김재현의 입가가 비틀어 올라갔다.

"내가 말할 거라고 생각하나?"

"……."

"화랑부대가 아무리 큰 권한을 가지고 있다고 해도 결국 정부의 개에 불과하지. 시키는 대로 빨빨 움직이는 개새끼 말이야. 백화연, 내가 누군지 잊었나? 나와 연루된 의원들이 한둘이라고 생각하나?"

김재현은 비릿한 미소를 지은 채 말을 이었다.

"아직도 모르겠나? 너희는 개고, 난 그 목줄을 틀어쥔 주인이다. 어디 감히 개새끼가 주인에게 이빨을 드러내는 거냐?"

"이런 정신 나간 새끼가……."

둘의 대화를 듣고 있던 차연주가 자리에서 일어섰다.

그녀는 김재현의 멱살을 잡아 들어 올렸다. 곧 가느다란 손목에 채워진 팔찌에서 붉은빛이 흘러나왔다. 팔찌에서 뿜어져 나온 붉은 쇠사슬이 순식간에 김재현의 몸을 휘감더니 쇠사슬에 돋친 날카로운 가시가 구속구를 뚫고 그의 몸에 파고들었다. 마력 구속구가 축축한 피에 젖어가기 시작했다.

"크윽."

김재현의 입에서 신음이 흘러나왔다.

"말해."

"크으으윽……."

"말하라고."

"크, 아, 아."

"말하라고, 이 개자식아!!!"

차연주의 외침이 조사실 안에 울려 퍼졌다.

김재현은 참기 힘든 고통 속에서도 낄낄 웃음을 터뜨렸다.

"크, 크흐흐흐. 너희는… 결국 그자에게 패배할 거야. 너희는 그들이 얼마나… 거대한지, 무슨 일을 꾸미고 있는지… 상상도 못 할 것이다."

"이……!"

"그만. 연주, 이러다가 김재현이 죽기라도 하면 곤란하다."

백화연이 차연주를 말렸다.

차연주는 심호흡을 하며 붉은 쇠사슬을 다시 팔찌로 되돌려 놓았다. 두 여인의 답답하다는 듯 김재현을 바라보았다. 무슨 방법으로 그의 입을 열어야 할지 생각나지 않았다.

"자, 그럼 이제 나와 애기를 좀 해보자고."

그때, 그 모습을 가만히 지켜보고 있던 강우가 입을 열었다.

"너……!"

강우를 본 김재현의 표정이 거칠게 일그러졌다.

"악마교에 대해서 알고 있는 모든 걸 말해줘."

"흥, 귀가 막히기라도 한 거냐? 내가 말할 거라고 생각하나?"

"응. 말할 거라고 생각해."

강우는 가볍게 웃음을 터뜨렸다. 그는 김재현을 바라보며 말을 이었다.

"돌려줄게."

"뭐……?"

"네가 알고 있는 모든 걸 말하면, 김영훈의 기억을 돌려줄게."

"……!"

김재현이 두 눈을 부릅떴다.

그의 몸이 덜덜 떨리기 시작했다. 자신을 바라보며 '아저씨'라고 말했던 김영훈의 모습이 떠올랐다.

거부할 수 없는 제안이었다. 거부할 수 있을 리가 없는 제안이었다. 김재현은 거칠게 주먹을 움켜쥐었다.

"이, 이……!"

미칠 듯한 분노가 차올랐다. 아들의 기억을 잊게 한 것도 모자라서, 그 기억을 대가로 거래를 제안한 눈앞의 인간이 더없이 증오스러웠다.

"너어어어어어어!!"

그가 발작하듯 몸을 비틀었다. 강우를 향해 달려들려고 하는 그를 차연주와 백화연이 붙잡았다.

증오에 찬 외침이 터져 나왔다.

"너어어어어는!! 지옥에 떨어질 것이다아아아아!!"

절규에 가까운 외침.

강우는 피식 웃음을 흘렸다.

"이미 갔다 왔어, 인마."

※ '약자의 권리는 고통받는 것뿐이다'라는 대사는 카이첼 작가님으로부터
   사전 허락을 받고 <잃어버린 이름>에서 인용한 대사입니다.

◆ 5장 ◆
소환 의식

"그자와 만난 건… 8개월 전쯤의 일이었다."

김재현의 말이 시작됐다.

강우는 의자에 등을 기댄 채 그의 말에 집중했다.

"그자라는 건 그 붉은 가면을 쓴 놈을 말하는 거지?"

"그렇다."

"그가 누군지는 몰라?"

김재현은 무거운 표정으로 고개를 끄덕였다. 거짓을 말하는 것처럼 보이지는 않았다.

'붉은 가면의 정체에 대해서는 김재현도 모르는 건가.'

가장 알고 싶었던 정보 중 하나가 사라지는 순간이었다.

"계속 얘기해 봐."

"8개월 전 그와 만난 나는 한 가지 제안을 받았다. 의식에 필요한 제물을 지원해 준다면 날 악마로 만들어준다는 제안이었지."

"…그 제안을 받아들였다고?"

차연주가 믿을 수 없다는 눈빛으로 그를 바라보았다.

산 제물을 공급하다니. 자칫하면 그가 이제까지 이뤄놨던 모든 것이 물거품이 될 수도 있는 정신 나간 일이었다. 대체 그가 뭐가 아쉽다고 그런 위험을 감수하면서까지 악마가 되려고 한단 말인가.

"흥. 그건 네가 악마라는 존재에 대해서 모르기 때문에 할 수 있는 말이지."

"…무슨 의미야."

"악마는 영생한다. 목이 날아가고 심장이 터지지 않는 이상 영원히 늙지 않고 살 수 있단 의미다."

영생. 불로불사. 필멸자로 태어난 모든 존재에게 그 이상의 매력적인 제안은 찾을 수 없을 것이다.

아무리 가진 것이 많아도 인간은 결국 죽는다. 처음 태어난 그 순간부터 가장 확실한 필연은 죽음이었다. 막대한 권력과 재력, 무력을 가진 김재현에게 있어 그 필연을 피하기 위한 발버둥은 어쩌면 당연한 행동일 수도 있었다.

"하, 영생이라고?"

"그렇다."

"그걸 네가 어떻게 알아?"

"실제 그들은 천 년을 넘도록 살아오고 있으니까."

"뭐……?"

그의 말에 놀란 것은 차연주만이 아니었다. 이미 알고 있는 내용에 대해서 가만히 입을 닫은 채 듣고 있던 강우도 입을 열었다.

"악마교가 천 년 전부터 있었다고?"

지구에서 플레이어라는 이능력자가 나타나기 시작한 것은 5년 전 '격변의 날' 이후. 당연히 강우도 그 이후에 악마교들이 만들어졌다고 생각하고 있었다. 그의 말에 김재현은 무거운 표정으로 고개를 저었다.

"그들은 천 년, 아니, 그 전부터 있었다. 세계 곳곳에 숨어들어 은밀하게 몸집을 키우고 있었지. 물론, 본격적인 활동을 시작한 건 몇 년 되지 않았다."

"흠."

강우는 골치가 아프다는 듯 눈살을 찌푸렸다. 그들이 그렇게 오랜 시간을 암약하고 있었다면 뿌리를 뽑기가 생각보다 쉽지 않을 것 같았다.

"…그래서, 그 영생을 바라고 플레이어들을 납치해 그들에게 바치기 시작했다는 거야?"

"그렇다."

"미친 새끼."

차연주는 혐오스럽다는 눈빛으로 그를 노려보았다.

"그렇게까지 정신 나간 짓을 하면서 오래 살고 싶었어? 그리고 인간이 진짜 수백, 수천 년을 살면서 멀쩡하게 정신을 유지할 수 있을 것 같아?"

영화나 소설, 만화와 같은 매체에서 영생에 대한 상상은 계속해서 다뤄지고 있었다. 하지만 언제나 그 결과는 파국으로 이어졌다. 모든 인간이 오래 살기를 바라지만 실제 수백, 수천 년을 산다면 정신이 붕괴되고 말 것이라는 것이 그녀의 생각이었다.

김재현은 그런 그녀의 말이 가소롭다는 듯이 웃었다.

"그건 네가 악마에 대해서 몰라서 하는 말이다. 악마의 육체는 정신을 보존하고 욕망의 상승을 불러일으키지."

"…그게 무슨 의미야."

"삶이 질릴 수가 없다는 의미다. 인간의 몸으로 젊은 정신을 가지고 영원을 살 수 있는 거다. 최고지 않나?"

"헛소리 마. 그런 게 가능할 리가…."

"있다. 내가 확실하지도 않은 일에 도박했을 거라고 생각하나?"

"……."

차연주의 입이 굳게 닫혔다.

그녀도 김재현이 멍청하지 않다는 것 정도는 알고 있었다.

'만약 그 말대로라면……'

악마교들이 그토록 쉽게 세력을 키우고 있는 것도 당연하다는 생각이 들었다. 애초에 그들이 내건 보상 자체가 인간으로서는 거부하기 힘든 유혹이었다.

"개소리하고 있네."

"강우……?"

강우는 깊게 가라앉은 목소리로 중얼거리듯 말했다. 짙은 살기까지 담긴 그의 목소리에 차연주는 당황스러운 표정으로 그를 바라보았다.

"충족되지 않는 욕망이라는 게 그렇게 달콤한 얘기인 것 같냐?"

강우는 날카로운 눈빛으로 그를 노려보았다.

욕망은 무한했다. 인간조차 하나에서 둘을 가지면 셋을 바란다. 하물며 악마는 말할 것도 없었다.

충족되지 않는 욕망은 갈증을 불러온다. 그 갈증은, 경험해 보지 않은 자라면 이해할 수 없을 것이다. 그것은 메마른 사막에서 물을 찾아 영원히 배회하는 것이고 산소 없는 대기에서 숨을 쉬기 위해 끝없이 헐떡이는 것이다.

그 무엇으로도 비유할 수 없는 끔찍한 고통. 강우는 그 고통에 미쳐 버리지 않기 위해 필사적으로 욕망을 제어하는 방법을 익혔다. 그럼에도 완벽하게 욕망을 제어하는 것은 불가능했다. 무려 만 년이라는 아득한 시간을 살아오고 지옥을 지배하고 있던 일곱 대공을 모조리 먹어치웠음에도.

'악마에 대해서 아무것도 모르는 건 너다.'

강우는 입 밖으로 흘러나오려는 말을 다시 삼켰다. 여기서 마치 자신이 악마에 대해서 잘 알고 있다는 식으로 말해서는 곤란했다.

"뭐, 네가 왜 그런 짓을 했는지에 대해서는 충분히 들었어. 이제 다른 얘기를 해봐."

강우는 억지스럽게 화제를 돌렸다. 더 이상 그의 얘기를 듣고 있다가는 이쪽이 먼저 속이 뒤집어질 것 같았다.

"크윽……."

김재현은 강우를 보기만 해도 분노가 치밀어 오르는 듯, 입술을 깨물며 말을 이었다.

"그들의 제안에 따라서 제물을 공급했고, 의식을 통해 길드원 중 몇 명에게 마기를 받아들이게 했다."

"마기? 마력 같은 거야?"

"지옥의 힘이다. 마력과 비슷하지만, 근본적으로 다른 힘이지."

"흠……. 그래서 너도 그 마기란 걸 가지고 있어?"

"아니. 난 아직 마기를 받아들이지 않았다."

"왜? 그 마기란 걸 얻기 위해 악마교와 손잡았던 거 아니었어?"

"그렇다. 하지만 섣부르게 마기를 받아들이면 욕망의 충동을 제어하지 못해 악마라기보다는 몬스터에 가깝게 된다."

"…그 마기란 걸 받아들이는 것만으로 인간이 바뀌는 거야?"

"그렇다. 그자는 지성을 유지한 채 완전히 악마가 되고 싶다면 조금 더 준비가 필요하다고 했다."

"…그렇다면 네 길드원들에게는 왜 마기를 받아들이게 한 건데? 몬스터처럼 바뀐다고 했잖아?"

"하지만 그만큼 강대한 힘을 얻을 수 있지. 어차피 길드원들은 병사에 불과하다. 싸울 수만 있다면 인간으로 있건 몬스터로 있건 똑같아."

"미친 새끼."

차연주는 표정을 일그러뜨렸다. 그에 대한 환멸감에 속이 울렁거렸다. 이쯤 되니 강우가 했던 잔혹한 행동들이 차라리 깨끗하게 느껴질 정도였다.

"그 소환이라는 건 뭐지? 뭘 소환하려는 거야?"

"…악마다."

"악마?"

강우는 가늘게 눈을 떴다. 김재현은 고개를 끄덕이며 말을 이었다.

"나도 정확하게는 모른다. 하지만 그들이 악마를 소환하려고 하는 것만큼은 확실하다."

"악마교의 궁극적인 목적 자체가 악마 소환이야?"

"그것도 알 수 없다. 다만, 그들이 악마를 소환하는 데 크게 집착하고 있는 것은 사실이다."

"흠……."

강우는 고개를 끄덕였다. 애초에 이름부터 악마교인 놈들이었다. 악마를 소환하는 것에 집착하지 않는 것이 이상했다.

'모든 악마가 다 나한테 잡아먹힌 건 아니니까.'

강우는 수십만에 달하는 악마를 잡아먹었다. 하지만 그렇다고 해서 모든 악마가 그의 먹잇감이 된 것은 아니었다.

아홉 개에 달하는 지옥은 엄청난 넓이를 자랑했다. 그곳에서 만 년을 보낸 강우조차도 가지 못한 곳, 만나지 못했던 악마들은 얼마든지 있었다. 어디까지나 강우는 살기 위해서 싸워왔고, 자신에게 이빨을 드러내지 않는 존재를 이 잡듯이 찾아 잡아먹지는 않았다.

'대체 어느 정도 급의 악마를 소환하려는 건지는 모르겠지만…….'

만약 칠천지옥 이상에 사는 악마가 소환된다면 지금 강우로서는 상대하기가 쉽지 않았다.

"이제까지 그들이 소환한 다른 악마는 없나?"

무려 천 년 이상을 유지해 온 조직이었다. 그 시간 동안 다른 악마를 소환하는데 성공했을 가능성은 얼마든지 있었다.

"모르겠다. 다만, 적어도 한국에서는 이번이 최초의 시도라고 말했다."

"이번이 처음이라고?"

"최근 들어서 급격하게 '차원의 벽'이 약해졌다고 말했다. 그러니까… 한 달 정도 전쯤이군. 그 차원의 벽이 약해진 덕분에 악마를 직접 소환할 수 있게 되었다는 말을 들었다."

"……."

강우의 표정이 딱딱하게 굳었다.

차원의 벽이 약해졌다는 말에서 자연스럽게 가이아 시스템이 떠올랐다. 그가 차원의 벽이 약해졌다고 말한 시기도 강우가 지구에 귀환한 것과 비슷한 시기였다.

'그러니까…….'

가이아 시스템이 약해졌기 때문에 악마교가 본격적인 활동을 시작했다는 의미.

'다 나 때문이라는 거잖아.'

강우의 표정이 일그러졌다. 지금까지 정황을 따졌을 때 차원의 벽이 약해진 원인은 바로 자신이었다.

'자동 수리는 안 되는 거야?'

강우는 일말의 희망을 품으며 입을 열었다.

"그 차원의 벽이라는 건 아직도 약해진 상태인 건가?"

"오히려 점점 더 약해지고 있다고 하더군."

"이런 시발."

자동 수리는커녕 상황이 악화되고 있었다.

'이러다가 진짜 악마랑 마물들이 사이좋게 손잡고 다 지구로 넘어오는 거 아니야?'

지옥만이 아니었다. 레이날드라는 그 재수 없는 놈이 사는 에르노어 대륙의 존재들도 지구로 넘어올 가능성이 있었다.

'어쩌면 지옥, 에르노어 대륙 이외에 다른 차원이 있을 수도 있어.'

상황이 심각하다는 것은 확실했다. 문제는 그 심각한 상황을 해결할 방법이 지금 당장에는 아예 존재하지 않는다는 점이었다.

'내가 싼 똥이 이렇게 컸단 말이야?'

대기권이 사라진 지구에 운석들이 다이렉트로 떨어지고 있는 것과 흡사한 상황이었다. 그것도 아직 어느 정도 남아 있어서 이 정도지 가이아 시스템이란 것이 완전히 망가져 버린다면 무슨 일이 일어날지 그도 예상할 수 없었다.

"…후우."

강우는 깊게 숨을 들이쉬었다. 그러자 복잡해진 머리가 한결 맑아졌다.

'지금 할 수 있는 일부터.'

가이아 시스템에 대한 것은 고뇌한다고 해결책이 나오는 일이 아니었다. 지금 할 수 있는 일은 악마교의 계획을 저지하고, 그들의 정체를 정확히 파악하는 일이었다.

"그 붉은 악마 가면의 사내가 어디 있는지는 알고 있어? 국내에 있는 악마교의 본부 말이야."

"알고는 있지만… 아마 지금은 다른 곳에 있을 것이다."

"다른 곳?"

김재현은 고개를 끄덕이며 대답했다.

"소환 의식을 준비하고 있겠지."

"…제물이 부족한 것 아니었어?"

"글쎄. 그건 나도 모르는 일이지."

"잠깐. 앞뒤가 맞지 않는데. 제물을 제공하는 건 너희였잖아."

이미 제물이 충분했다면 김영훈이 김시훈을 노릴 이유도 없었다. 제물이 부족하고 아니고를 그들이 모른다는 사실은 이상했다.

김재현은 피식 웃음을 흘렸다.

"우리는 성과제라서 말이야."

"…제길."

강우는 표정을 일그러뜨렸다. 그의 말이 의미하는 것이 무엇인지 어렵지 않게 추측할 수 있었다.

차연주가 고개를 갸웃거리며 물었다.

"무슨 말이야?"

그녀의 물음에 강우는 아주 단순하면서도, 명쾌한 답을 입에 담았다.

"악마교와 거래를 하고 있던 대형 길드는 미르 길드 하나가 아니었다는 의미야."

우리라는 복수형. 그리고 성과제라는 표현. 이 두 단어에서 강우는 악마교와 연루된 대형 길드가 하나가 아니라는 사실을 어렵지 않게 캐치할 수 있었다.

"소환 의식이 이뤄질 장소는 어디지."

강우는 낮은 목소리로 물었다.

김재현은 천천히 입을 열었다.

"포항."

"S급 게이트가 있는 곳이군."

처음 그들이 소환 의식을 한다고 했을 때부터 생각하고 있던 가능성이었다. 소환이라는 것이 말 그대로 외계(外界)의 존재를 지구로 불러들이는 것을 의미한다면, 높은 등급의 게이트에서 더욱 강력한 존재를 불러올 수 있었다.

강우는 그 사실을 에키드나의 소환을 통해 확실하게 알아낼 수 있었다.

"그걸 어떻게 네가……?"

김재현은 이해할 수 없다는 눈빛으로 강우를 바라보았다. 포항이라고 말만 했지 게이트라는 말은 조금도 하지 않았다.

"알 필요 없어. 연주, 화연 씨. 바로 포항으로 움직이죠."

"지금 바로 말인가?"

"예. 꼬리가 잡혔다는 것은 그들도 이미 알고 있을 겁니다. 무리해서라도 소환 계획을 바로 시작하려고 할 거예요."

그들에게 지원을 해주고 있는 또 하나의 대형 길드가 제물을 모두 준비했는지 아닌지는 알 수 없었다. 하지만 김재현이 저렇게 말하는 이상 늑장을 부릴 수 없다는 것 하나는 확실했다.

"잠깐. 포항 S급 게이트라면 화랑 2군이 주둔하고 있는 장소 아냐?"

"바로 확인해 보겠다."

백화연은 스마트폰을 꺼내어 어딘가로 연락했다. 통화가 이어질수록 그녀의 표정이 딱딱하게 굳었다.

"몇 시간 전에 총 20명 정도 되는 대규모 파티가 S급 게이트 안으로 들어갔다고 한다."

"…역시 바로 움직였군."

강우는 악마교의 빠른 대처에 표정을 일그러뜨렸다.

차연주가 백화연에게 다가서며 입을 열었다.

"들어간 사람들의 신원은? 출입허가증을 조사하면 누가 악마교인지 알 수 있지 않아?"

"큰 의미 없을 거야."

강우는 고개를 저었다.

"…왜?"

"어차피 다 조작된 것일 테니까."

차연주만 하더라도 아직 S급 게이트 출입허가증을 받을 수 없는 강우에게 어렵지 않게 출입허가증을 만들어줄 수 있을 정도였다.

무려 두 개 이상 대형 길드의 지원을 받고 있는 악마교들이 게이트 출입허가증 하나를 조작하지 못했을 리가 없었다.

"윽."

차연주 또한 찔리는 것이 있다는 표정으로 침음을 흘렸다.

사실 S급 게이트 출입허가증을 구하는 것이 그리 어려운 일은 아니었다. 애초에 자격이 되지 않는 이들이 게이트로 들어가려는 일 자체가 많지 않기 때문이었다.

어차피 억지로 들어가 봤자 바로 몬스터의 먹잇감이 되어버릴 텐데 누가 굳이 사지로 걸어 들어가려 한단 말인가.

"2군에게 사정은 전달해 뒀다. 그쪽에서도 바로 내부에 진입해서 수사를 하겠다고 말했지만… 포항 S급 게이트는 워낙 넓기도 넓은 데다가 지형이 복잡해서 찾을 수 있을지 없을지 모르겠다."

"저희도 바로 이동하죠."

"길드원들에게도 연락해 둘게."

차연주는 그렇게 말하며 백화연을 향해 고개를 돌렸다.

"화랑부대가 운용할 수 있는 군용 헬기 있지? 그걸로 이동하자. 차로 포항까지 가려면 시간이 너무 오래 걸려."

"알겠다. 지금 바로 본부에 연락……."

"그거라면 더 좋은 방법이 있어."

백화연의 말을 끊으며 강우가 말했다.

"더 좋은 방법……?"

차연주와 백화연의 시선이 강우를 향했다. 강우는 고개를 끄덕였다.

"헬기보다는 드래곤이 더 빠를 거야."

"강우……!"

문을 열자 검은색 머리칼을 허리까지 기른 소녀가 강우를 향해 달려왔다. 붉게 충혈된 눈은 그녀가 이제까지 어떤 상태였는지 적나라하게 보여주고 있었다.

"미안."

강우는 자신을 끌어안는 에키드나의 머리를 가볍게 쓰다듬었다. 어쩔 수 없는 상황이었다고는 하나 에키드나에게 지난 일주일 동안 아무 신경도 써주지 못했던 것은 사실이었다. 이제 막 외로움에서 벗어나게 된 에키드나에게 있어서 강우는 다른 무엇으로도 대체할 수 없는 존재였다. 그녀가 지난 일주일간 느꼈을 절망을 상상하는 것은 어렵지 않았다.

"…어디 있었던 거야?"

강우를 끌어안은 채, 떨리는 목소리로 에키드나가 물었다.

"해야 할 일이 있었어."

"…나 강우에게 잘못한 거 있는 거 아니지? 날 두고 떠나려는 것 아니지?"

에키드나는 불안한 눈빛으로 그를 올려다보았다.

'어느 날 아버지가 사라졌다고 했던가.'

강우는 조금 더 그녀에게 신경 써 줬어야 했다고 생각하며 나지막이 말을 이었다.

"그래. 절대 그럴 일 없을 테니까 안심해."

"…응. 믿을게."

에키드나는 희미한 미소를 지으며 고개를 끄덕였다.

"이 아이는……."

"저번에도 봤었지?"

차연주와 백화연은 고개를 끄덕였다.

"근데 진짜 드래곤이 맞긴 한 거야?"

"겉으로 보기에는 소녀로밖에 보이지 않네만……."

두 사람이 의심스럽다는 눈빛으로 에키드나를 바라보자 에키드나가 강우의 옷자락을 잡으며 입을 열었다.

"나 드래곤 맞아."

에키드나는 그렇게 말하며 등 뒤에 작은 날개를 만들어 펄럭였다. 소녀의 몸에 돋아난 두 장의 날개는 그녀가 인간이 아님을 증명하고 있었다.

"드래곤 날개를 가진 소녀라니……."

"뭔가 굉장히 위험한 느낌이 드는 조합이네."

백화연과 차연주는 숨 막힐 정도로 귀여운 그녀의 모습에 꿀꺽 침을 삼켰다. 별로 친한 사이가 아님에도 당장에라도 달려들어 껴안아주고 싶은 생각이 절로 들었다.

"에키드나, 부탁이 있어."

"응. 내가 할 수 있는 거라면 뭐든지 할게."

강우의 말에 에키드나는 망설임 없이 고개를 끄덕였다. 강우를 바라보는 그녀의 눈빛에는 깊은 신뢰가 서려 있었다.

"…원래 소환수라는 게 저렇게까지 주인에게 신뢰를 가지는 거야?"

차연주가 궁금하나는 듯 물었다.

강우는 쓴웃음을 지으며 고개를 저었다.

"아니, 에키드나의 경우는 좀 특별해."

사실 강우와 에키드나가 만난 기간은 그리 길지 않았다.

아무리 그녀가 소환수라고 해도 이 정도까지 큰 신뢰를 보내는 것은 다른 이유 때문이었다.

'다시 외로운 삶으로 돌아가기 싫은 거겠지.'

강우는 에키드나의 머리를 가볍게 쓰다듬으며 몸을 돌렸다.

"지금 바로 가야 하는 곳이 있어. 본체로 돌아가서 그곳으로 좀 태워줘."

"알았어."

에키드나는 눈을 반짝이며 고개를 끄덕였다.

"지금 바로 변신할게."

"진정해. 여기서 본체로 돌아오면 집이 무너져 버리잖아. 우선 밖으로 나가자."

강우는 에키드나를 데리고 밖으로 나왔다.

차연주가 걱정스러운 목소리로 물었다.

"그런데 드래곤이 갑자기 나타나면 소란이 커지지 않을까?"

"그건 생각해 둔 방법이 있어."

강우는 망설이지 않고 답했다.

차연주는 미심쩍다는 표정으로 에키드나를 바라보았다.

에키드나는 그녀가 자신을 보든 말든 조금도 신경 쓰지 않은 채 강우에게 물었다.

"강우, 지금 변신하면 돼?"

"그래."

강우가 고개를 끄덕이자 에키드나의 몸이 푸른빛으로 빛나기 시작했다. 푸른빛이 점점 부풀더니 이내 20미터에 달하는 거대한 드래곤의 모습으로 바뀌었다.

"허⋯⋯."

"믿기지가 않는군⋯⋯."

두 여인은 믿어지지 않는다는 듯이 검은색 드래곤으로 변한 에키드나를 올려다보았다. 몬스터를 소환수로 다룰 수 있는 플레이어가 없던 것은 아니었지만 그중에서 드래곤을 다룰 수 있었던 존재는 한 명도 없었다.

-강우, 어디로 가면 돼?

"음. 그러니까⋯ 저쪽으로."

강우는 대략적인 방향을 알려주며 에키드나의 등에 올라탔다. 그를 따라 차연주와 백화연도 에키드나의 등에 올라섰다.

⋯강우 말고 다른 사람을 태우는 건 싫어.

에키드나는 자신의 등 위에 강우를 제외한 사람이 올라탔다는 사실 자체가 불쾌한지 불만이 가득한 목소리로 말했다. 강우는 피식 웃음을 흘리며 그녀의 목을 가볍게 쓰다듬었다.

"급한 일이니까 이번에는 에키드나가 좀 참아줘."

⋯잘하면 상 줄 거야?

"무슨 상을 원하는데?"

강우의 물음에 에키드나는 흥분에 찬 콧김을 내뿜었다.

그녀의 콧구멍을 통해 나온 검은색 불길이 아파트의 화단을
불태웠다. 그녀는 가늘게 떨리는 목소리로 말을 이었다.

-강우랑 어딘가 놀러 가고 싶어.

"흠……."

비장한 목소리로 말한 부탁이라기엔 너무 소소한 부탁이었
다. 강우는 고개를 끄덕였다.

"알았어. 이번 일만 끝나면 같이 놀러 가자."

-진짜야?

"그래."

-흐웅!

화르륵!

에키드나는 들뜬 마음을 숨길 수 없다는 듯이 다시 한번 콧
김을 뿜어냈다. 코에서 뿜어져 나온 불길에서 뜨거운 열기가
느껴졌다.

-나, 최선을 다할게!

후웅! 후웅!

거대한 두 날개가 펄럭이기 시작했고 에키드나가 공중으로
날아올랐다.

강우는 투영의 권능을 사용해 그녀의 몸을 덮었다. 그녀의
몸이 반투명하게 변하며 주변 배경에 녹아들기 시작했다. 집
중해서 보지 않으면 그 모습이 정확하게 보이지 않았다.

"와아. 이런 능력도 있었어?"

반투명하게 변한 것은 그 위에 올라탄 차연주도 마찬가지였다. 그녀는 마치 유령이라도 된 것처럼 반투명해진 자신의 몸을 내려다보았다.

"어떻게 이렇게 많은 능력을 가지고 있는 거야?"

차연주는 이해할 수 없다는 눈빛으로 강우를 바라보았다.

단순한 무력만 놓고 보더라도 엄청난데 기억 조작에 이어 이런 기술까지 가지고 있다니. 10레벨당 하나씩 얻을 수 있는 특성이 수십 개는 되는 것 같았다.

"유능하니까."

"…재수 없는 놈."

차연주는 가볍게 강우를 노려보았다. 저 뻔뻔한 말에 부정할 수 없다는 사실이 굉장히 마음에 들지 않았다.

-그럼, 출발할게.

후웅! 후웅!

의욕에 찬 목소리와 함께 에키드나의 날개가 크게 펄럭였다. 반투명한 드래곤이 무시무시한 속도로 공중을 가로지르자 등에 타고 있던 차연주와 백화연, 강우를 향해 강렬한 놀풍이 몰아닥쳤다.

"엇……? 어어?"

"크읏."

두 사람은 그 돌풍을 견디기 힘든지 뾰족 튀어나온 비늘을 잡으며 버텼다.

두 사람만 그런 것이 아니었다.

'너무 빠르잖아.'

강우 또한 어마어마한 공기 저항에 침음을 흘리며 에키드나의 목을 껴안았다.

빨라도 너무 빨랐다. 천력의 권능이라도 사용하지 않으면 떨어질 것 같았다. 문제는 천력의 권능과 투영의 권능 모두 꽤나 난이도가 있는 권능이라는 점. 두 개의 권능을 동시에 사용하기 위해서는 어느 정도 정신 집중이 필요했다. 이렇게 손에 힘을 잠깐 풀기라도 했다가 바로 튕겨져 나갈 것 같은 상황에서는 두 개의 권능을 동시에 쓰기 힘든 상태.

"에키드나, 조금 천천히……."

-흐응! 흐응!

에키드나의 귓가에 더 이상 그의 말이 들리지 않는 것 같았다. 강우는 에키드나의 목을 껴안은 팔에 힘을 더했다.

-……!

강우가 자신의 목을 힘 있게 껴안는 것을 느낌 에키드나의 눈이 반짝였다.

'왜 더 속도를 내는 거야.'

-흐응! 흐응!

'그만해.'

-강우, 더 꽉 잡아도 괜찮아.

'이미 최선을 다하고 있어.'

-혹시 부끄러운 거야?

이전 자이언트 오우거의 목에 달라붙었던 강우는 이보다 훨씬 더 강한 힘을 가지고 있었다. 당시 강우가 천력의 권능이라는 힘을 사용한 상태라는 것을 모르는 에키드나는 그가 부끄러워하기 때문에 더 달라붙지 못하고 있다고 판단했다.

-부끄러워하지 않아도 괜찮아, 강우.

'살려줘.'

-강우라면 얼마든지 더 가까이 달라붙어 있고 싶어.

'죽고 싶지 않아.'

-강우의 따스한 온기를… 몸으로 느끼고 싶어.

'떨어진다.'

으아아아아아악.

거대한 동굴. 천장에 돋아난 종유석을 통해 영롱한 빛이 동굴 안을 가득 채우고 있었다. 동굴 속임에도 어둡다는 느낌은 전혀 들지 않았다. 신비한 빛이 차오른 동굴 안은 오히려 몽환적이었다.

동굴 안에는 20명 정도 되는 사람이 분주하게 돌아다니고 있었는데 그들은 동굴 바닥에 그려 넣은 소환진 위에 마석을 올려두거나 무언가 검붉은 액체를 뿌리고 있었다.

한쪽에서 그들을 지켜보고 있던 사내가 품속에서 수정구슬을 하나 꺼내 들었다.

[준비는 어느 정도 끝났지?]

투명한 수정구슬을 통해 메마른 목소리가 흘러나왔다.

얼굴 전체에 기하학적인 문신을 새긴 사내가 깍듯한 목소리로 대답했다.

"거의 끝났습니다. 다만… 역시 급하게 준비한 터라 반드시 성공할 것이란 보장은……"

[흐음.]

수정구슬에서 흘러나오는 목소리에 짜증이 서렸다.

[성공시켜라. 무슨 수를 써서라도.]

"알겠습니다."

문신의 사내는 낮은 목소리로 대답했다.

[이번 소환은 위대한 계획을 위한 첫걸음이다. 실패는 용납하지 않겠다.]

그 말을 마지막으로 수정구슬이 빛을 잃었다.

문신의 사내는 구슬을 다시 품 안에 넣은 후 마법진이 준비

되고 있는 곳을 향해 걸어갔다.

"제물들의 피는 모두 뿌렸나?"

"예! 모든 준비가 끝났습니다, 유태식 사제님!"

의식을 통해 마기를 머금은 제물들의 피. 악마 소환의 가장 중요한 촉매제였다.

문신의 사내, 유태식은 한쪽 무릎을 꿇고 제물들의 피가 뿌려진 소환진 위에 손을 올렸다.

'역시 제물이 부족하군.'

미르 길드의 수장, 김재현이 잡혔다는 소식을 접하자마자 그들은 바로 소환의 준비를 위해 움직였다. 그자가 자신들의 정체에 대해서 불게 된다면 소환 계획 자체가 취소될 수도 있었기 때문이었다. 하지만 그렇게 급하게 서두르다 보니 소환에 필요한 제물을 완벽하게 준비할 수는 없었다. 미르 길드를 제외한 다른 하나 대형 길드의 도움이 없었다면 이렇게 소환을 시도해 볼 수도 없었을 것이다.

'쯧, 무능한 놈들.'

S급 특성을 가진 플레이어를 제물로 바치겠다고 호언장담하던 그들의 모습이 떠올랐다. 성과에 욕심을 내던 그들은 정부에 의해 꼬리가 잡혀 순항 중이던 계획을 망쳐 버리고 말았다.

'어쩔 수 없지.'

유태식의 눈이 음산하게 빛났다.

지금 상태로도 소환을 시도하는 것은 가능했으나 성공 확률이 높지 않았다. 성공 확률을 높이기 위해서는 조금 더 많은 제물이 필요했다.

푸욱!

"커헉!"

"사, 사제님?"

유태식은 날카로운 단도를 꺼내어 부하의 목을 찔렀다. 경동맥이 잘려 나가며 검붉은 피가 분수처럼 뿜어져 나왔다.

"제물을 제때 구하지 못한 스스로의 무능을 탓해라."

유태식은 광기로 번들거리는 눈빛을 자신의 부하들에게 향했다. 그를 바라보는 부하들의 표정이 창백하게 질렸다.

"사, 사제님!"

"제발 자비를……!"

그들은 바닥에 무릎을 꿇은 채 공포에 떨었다.

유태식은 그들을 내려다보며 새하얀 이를 드러냈다.

"걱정 마라. 너희가 흘린 피는 모두 악마님의 혈육이 되어 영생을 누리게 될 것이다."

말도 안 되는 궤변이었다. 그들이 바랐던 것은 현세에서 영원을 누리는 것이지 악마의 제물이 되어 영생을 누리는 것이 아니었다. 삶에 대한 집착과 욕망이 악마교도들에게서 끓어올랐다.

"히익!"

가장 먼저 도망친 것은 얼굴에 주근깨가 가득한 여인이었다. 그녀는 무언가가 잘못되어 가고 있다는 것을 직감하자마자 몸을 돌려 도망치기 시작했다.

유태식은 도망치는 그녀를 바라보며 눈살을 찌푸렸다.

"충성심이 부족한 쓰레기들이었군. 추기경님의 말씀을 잊은 거냐?"

"꺄아아아아악!!"

그는 도망치는 여인을 등을 향해 단검을 겨눴다. 단검의 날에서 검은색 기운이 길게 뻗어나갔다. 곧 등을 꿰뚫린 여인의 입에서 날카로운 비명이 터져 나왔다.

"숭고한 희생은 본교의 주요 십계명 중 하나다. 쯧쯧. 그런 기본적인 각오도 되어 있지 않은 것들이 감히 영생을 탐하려고 하다니⋯⋯."

학살이 시작됐다. 유태식은 도망치는 교도, 무기를 꺼내 들고 그에게 대항하는 교도, 정말로 악마교의 교리에 미쳐 기꺼이 목숨을 내놓으려고 하는 교도를 가리지 않고 모조리 죽였다. 검붉은 피가 소환진 위에 흩뿌려졌다.

"흐흐흐. 이 정도면 충분하겠군."

학살극을 만들어낸 유태식은 짙은 미소를 입가에 머금으며 소환진에 양손을 가져다 대었다.

구천지옥의 악마. 숭배해야 마땅할 영원을 영위하는 불멸자들을 현세에 불러올 때였다.

'다른 지부에 비해서 좀 늦긴 했지만.'

세계 곳곳에 퍼져 있는 악마교. 그중에서 한국에 있는 악마교 세력은 다른 지역에 비해서 '계획'의 진행이 느린 편이었다.

'일본 놈들만 해도 벌써 악마를 셋이나 소환했다고 하지.'

그쪽은 한국과 사정이 좀 다르기는 했지만 어쨌든 뒤처지고 있는 것은 사실이었다.

'적어도 그딴 놈들에게 뒤처질 수는 없지.'

그는 이전에 한 번 만났던 일본인 교도를 떠올리며 표정을 일그러뜨렸다. 그런 역겨운 놈들에게 뒤처지는 것은 그가 충성을 맹세한 추기경에 대한 모욕이었다.

유태식은 몸 안의 마기를 끌어 올리며 소환진을 발동시켰다.

"Ered'achor! Havik! Galar!"

쩌적!

피를 머금은 소환진이 음산하게 빛났다.

"허억! 허억! 허억!"

"주, 죽는 줄 알았네."

에키드나를 타고 포항에 도착한 차연주는 내리자마자 거친 숨을 몰아 내쉬었다. 중간에 사슬을 소환해서 에키드나와 몸을 묶지 않았으면 상공 수 킬로미터에서 떨어질 뻔했다.

"강우, 나 잘했어?"

다시 인간의 모습으로 변신한 에키드나가 초롱초롱 눈을 빛내며 강우를 올려다보았다. 머리를 쓰다듬어달라는 눈빛.

강우는 어색한 미소를 지으며 그녀의 머리를 쓰다듬어 주었다.

"헤헤헤."

"다음에는……."

"응?"

"조금 더 천천히 날아도 괜찮아."

에키드나의 뺨이 붉게 물들었다.

"나랑 조금 더 오래 날고 싶어서 그런 거구나."

'살고 싶어서 그런 거야.'

"알았어. 다음에는 조금 더 천천히 날게. 나도 강우랑 오랫동안 붙어 있는 게 좋아."

"…그래."

강우는 복잡한 표정으로 고개를 끄덕였다. 이상한 착각에 빠져 있는 것 같지만 어쨌든 결과적으로 천천히 날아주기만 하면 상관없었다.

'개떡같이 알아들어도 찰떡같이만 움직여 준다면야.'

원래 속담과 미묘하게 다른 말을 떠올리며 그는 S급 게이트로 고개를 돌렸다. 백화연이 S급 게이트를 지키고 있는 화랑부 대원을 향해 다가갔다.

"충성!"

"수사는 어떻게 되어가고 있나?"

"아직 찾지 못했다고 합니다."

"쯧⋯⋯. 알겠다. 구현모 단장님은?"

"소식을 듣고 같이 대원들과 안으로 들어가셨습니다."

"단장님과 통신을 하고 싶다."

"예!"

백화연은 게이트 내부와 통신이 가능한 마도구를 받아 들고 곧바로 통신을 시작했다.

"예, 예⋯⋯. 알겠습니다. 바로 그쪽으로 가겠습니다."

짧은 통신을 마친 백화연이 일행을 향해 다가왔다.

"수사는 어떻게 되고 있대?"

"이제까지 전혀 진척이 없다가 방금 큰 폭발음이 동굴 안쪽에서 들렸다고 한다. 뭐라 표현할 수 없는 꺼림칙한 기운도 같이 느꼈다더군."

"꺼림칙한 기운?"

"아마⋯ 마기의 기운을 느끼신 것 같다."

차연주의 표정이 딱딱하게 굳었다.

강우는 가늘게 눈을 뜨며 입을 열었다.

"이미 소환이 시작된 것 같군요."

"동굴의 위치는 전해 들었다. 2군에게는 섣부르게 접근하지 말고 합류해서 함께 진입하자고 얘기해 뒀으니 우리도 빨리 이동해야 할 것 같다."

강우는 고개를 끄덕이며 백화연을 따라 S급 게이트 안쪽으로 이동했다.

포항 S급 게이트 안에는 거대한 언덕에 마치 개미집을 연상케 하듯 여러 구멍이 뚫려 있었다.

'저게 다 동굴 입구인가.'

강우는 화랑 2군이 백화연에게 그들을 찾을 수 있을지 없을지 모르겠다고 했는지 알 수 있었다.

저 수많은 동굴 중에서 그들이 숨어든 동굴을 찾는 것은 불가능에 가까운 일이었다.

"저쪽이다."

강우는 백화연의 뒤를 따라 한 동굴 입구로 향했다. 동굴 입구에는 화랑 2군의 부대원들이 무기를 꺼내 든 채 전투를 준비하고 있었다.

"흐으! 오셨군요! 아, 수사가 늦어져서 죄송합니다, 화연 씨. 이거 너무 구멍이 많아서……."

짧은 금발에 선글라스를 낀 사내가 다가왔다. 구현모. 화랑 2군을 책임지는 단장이었다.

"괜찮습니다. 그보다 이쪽이 맞습니까?"

"예! 분명 여기서 쾅! 하고 큰 소리가 들렸다니까요! 너희도 다 들었지?"

"그렇습니다!"

호들갑을 떠는 그의 말에 화랑 2군의 부대원들이 답했다. 강우는 그들이 가리킨 동굴 입구를 바라보았다.

'마기.'

동굴 안에서 뿜어져 나오는 것은 마기가 분명했다.

"진입하죠."

"알겠다. 구현모 단장님, 지원을 부탁드립니다."

"하하! 화연 씨의 말이라면 당연히 헤드려야죠! 애들아! 포메이션 A!"

"포메이션 A!"

화랑 2군은 요란하게 소리치며 진형을 갖췄다. 마치 한 몸이 된 듯 빠른 움직임이었다.

"……."

무슨 특촬물 주인공들처럼 오그라드는 자세를 취하고 있는 화랑부대원들을 바라보며 강우는 굳게 입을 다물었다.

'과연 이놈들이 도움이 될까.'

겉모습만 보면 정부 요원이라기보다는 어딘가 나사 하나 빠진 집단 같았다.

"가자!!"

구현모는 백화연을 힐끔힐끔 쳐다보며 우렁차게 외쳤다. 자기 만에는 지금 이 포메이션 A라는 게 굉장히 멋있어 보인다고 생각하는 듯한 모습. 그의 외침에 따라 화랑부대원들이 동굴 안쪽으로 진입했다.

강우는 그들의 뒤를 따라 몸을 움직였다.

동굴 안은 그의 생각과 달리 어둡지 않았다. 천장에 빽빽이 돋아난 종유석이 녹색으로 은은하게 빛나고 있었다. 빛에 휩싸인 동굴 안은 아름답게 느껴질 정도였다.

"강우, 피 냄새가 나."

에키드나의 말에 강우는 고개를 끄덕였다. 굳이 권능을 사용할 필요도 없었다. 몽환적인 동굴의 모습과 달리 그 안에는 피 냄새가 진동하고 있었다.

강우는 그 냄새를 따라 동굴 깊은 곳으로 진입했다. 그곳에는 백여 미터에 달하는 거대한 공동이 만들어져 있었고, 공동의 바닥에는 피 냄새를 풍기는 진이 복잡하게 그려져 있었다.

'저게 악마를 소환하는 진인가.'

강우는 소환진을 향해 양손을 뻗고 있는 한 사내 쪽으로 고개를 돌렸다. 얼굴이 잘 보이지 않을 정도로 기하학적인 문신을 한 사내였다. 그는 공동에 들이닥친 사람들을 바라보며 새 하얀 이를 드러냈다.

"크크큭……. 이미 늦었다."

쩌적.

유리창이 깨지듯 허공에 검은색 균열이 만들어졌다. 처음에는 작은 틈에 불과했던 균열이 빠른 속도로 그 크기를 키웠다. 그리고 허공에 만들어진 균열을 통해서 짙은 마기가 뿜어져 나왔다.

'지옥의 마기.'

강우의 표정이 굳었다. 그에게 익숙한 마기였다. 소환진의 빛이 한층 더 음산하게 변했다.

"저건……."

"무, 무슨 일이 일어나는 거지?"

화랑 2군 대원들의 목소리가 떨렸다.

갑작스럽게 나타난 균열. 마치 게이트 안에서 게이트가 하나 더 생긴 것 같은 모습에 참기 힘든 불길함이 느껴졌다.

"하하하하!!! 자, 영원을 걷는 자여! 나와주십시오! 어서 그 강대한 힘으로 저 하찮은 필멸자들을 쓸어버려 주십시오!"

유태식은 광기에 찬 목소리로 소리쳤다.

그는 소환진에서 양손을 떼어내고는 양팔을 활짝 벌렸다. 정확하게 어떤 악마가 나올지는 소환한 그도 알지 못했다. 되도록 폭력적이고, 강력한 힘을 가진 존재가 소환되어 줬으면 하는 바람만이 있을 뿐이었다.

-크르르르르.

낮게 깔린 울음소리. 벌어진 균열의 틈을 비집고 거대한 손이 빠져나왔다. 검은색 피부. 터질 듯한 근육이 가득한 팔.

콰드드득!!

균열을 비집고 나온 팔은 종잇장을 찢어버리듯 균열의 틈을 양팔로 넓히기 시작했다. 허공에 만들어진 검은색 균열이 더욱 벌어지며 붉은색 안광이 비쳤다.

-누가 나, 칠천지옥의 악마 오리악스를 불렀느냐.

"오오……!"

틈으로 흘러나온 목소리에 유태식이 자리에 털썩 주저앉았다. 그는 균열을 비집고 나오고 있는 악마를 향해 머리를 조아렸다.

"오리악스 님!! 이 미천한 필멸자가 영원을 걷는 존재를 뵈옵니다!"

-네가 날 소환한 건가?

"그렇습니다, 나의 주인이여."

유태식은 눈앞에 나타난 악마를 향해 깍듯이 답했다.

오리악스는 붉은 안광을 빛내며 유태식을 내려다보았다.

"저, 저건……."

"악마……?"

균열을 비집고 나타난 존재에 화랑부대의 표정이 딱딱하게 굳었다.

7미터에 달하는 거구. 터질 듯이 부풀어 오른 근육과 박쥐 날개. 광기로 번들거리는 눈빛과 이마에 돋아 있는 두 개의 뿔. 만약 이번 소환의 목적이 악마였다는 사실을 몰랐다고 하더라도 한눈에 '악마'라는 사실을 깨달을 수 있을 것 같은 외형의 존재였다.

-왜 날 소환한 거지.

오리악스의 낮은 물음에 유태식이 소리쳤다.

"하찮은 필멸자들에 대한 피와 살육을 원합니다! 그대의 무궁한 힘으로 그대를 따르는 추종자들을 영원으로 인도해 주십시오! 필멸자의 굴레를 벗어던질 수만 있다면, 그대에게 모든 충성을 바치겠습니다!"

-영생을 바란다라.

오리악스는 가소롭다는 듯이 그의 앞에 머리를 조아린 유태식을 내려다보았다. 태어날 때부터 악마로 살아온 그의 눈에는 수명의 굴레를 벗어나기 위해 발버둥 치는 인간의 모습이 너무나도 하찮게 느껴졌다.

-영원한 삶을 원하나?

"그렇습니다!"

-무한한 욕망과 끝없는 쾌락을 원하나?

"그렇습니다!!"

유태식은 환희에 찬 표정으로 답했다.

쿵!

그는 바닥을 향해 거칠게 머리를 찧었다. 그의 이마가 찢어지며 검붉은 피가 흘러내렸다.

"오리악스 님과 같은 영원을! 강대한 힘과 무한한 삶을 원합니다!"

광기에 찬 눈빛이 오리악스를 향했다. 지옥의 악마. 그들이야말로 악마교가 갈망하는 이데아이자, 메시아였다.

'영원한 삶! 무한한 욕망! 끝없는 쾌락!'

오리악스가 말한 그 단어들이 그의 머릿속을 가득 채웠다.

악마교에 몸을 담기 전, 유태식은 한국에서는 보기 드문 독실한 무슬림이었다. 그는 현세의 육신을 넘어 알라의 품에서 영원한 삶을 살기를 바라고 있었다.

그러던 중, 그의 인생을 뒤바꿀 붉은 가면의 사내를 만났다. 그가 알려준 교리는 그가 가지고 있던 가치관을 모두 뒤바꾸어 버렸다.

'굳이 그런 불확실한 믿음으로 영원을 갈망할 이유가 있나? 우리는 네게 현세에서의 영원을 쥐어줄 수 있다. 신이 떠드는 같

잖은 영원은 결국 믿음에 기댄 자위에 불과하지. 죽어서 얻을 수 있는 영원에 무슨 의미가 있는가?'

충격적인 말이었다.

영원한 삶을 지금의 삶에서 추구할 수 있다니! 죽음의 공포에 두려워하며 하루하루를 살아가지 않을 수 있다니!

생명으로 태어난 이상 가장 확실한 미래, 절대 거스를 수 없는 운명은 바로 죽음이었다. 하지만 악마는 그러한 절대적인 운명조차도 거스를 수 있는 존재였다. 그들을 따르지 않을, 숭배하지 않을 이유가 없었다.

쿵!

-하하하하! 좋다! 마음에 드는 욕망을 가지고 있는 인간이로군!

오리악스는 유태식에게서 느껴지는 강렬한 욕망을 느꼈다. 타오르는 것처럼 이글거리는 그 욕망이 그를 자극했다.

-자, 말하라, 인간이여. 내게 살육의 쾌락을 가져다줄 제물은 어디에 있는가?

"저기입니다."

유태식의 손이 화랑부대를 가리켰다. 오리악스에게서 흉포한 살기가 뿜어져 나왔다.

-크흐흐흐. 살육을 위한 제물로는 나쁘지 않군.

오리악스는 입가를 비틀어 올렸다.

자신에게 무기를 겨누고 있는 존재들에게서 느껴지는 힘이 그를 자극했다. 어떻게 필멸자에 불과한 하찮은 존재들이 저렇게 강력한 힘을 가지고 있는지는 모르겠지만, 그가 날뛰기에 적합한 상대라는 것은 확실했다.

"크읏."

"저게 악마……."

차연주는 경계 어린 시선으로 오리악스를 노려보았다.

그녀의 손이 손목에 찬 팔찌를 향했다. 몬스터를 상대할 때와는 확실히 다른 기운이 느껴졌다. 조금 더 난폭하고, 파괴적인 기운.

"전 부대 전투 준비! 무슨 상황인지는 몰라도 엉덩이에 힘 좀 빡 줘야 할 것 같다, 애들아!"

구현모는 선글라스를 쓸어 올리며 무기를 꺼내 들었다. 그의 무기는 두 자루의 소도. 양손에 쥔 소도의 날에 마력이 맺히기 시작했다.

"후우. 거참 생긴 거 한번 더럽게 무섭게 생겼네."

구현모는 꿀꺽 침을 삼키며 오리악스를 바라보았다. 어지간한 일에는 긴장한 모습을 보이지 않는 그조차도 지금 오리악스를 눈앞에 두고는 긴장을 할 수밖에 없었다. 그만큼 오리악스가 뿜어내는 기운은 심상치 않았다.

"저런 괴물이 게이트 밖으로 나갔다가는 큰 소란이 일어날 겁니다. 무슨 일이 있어도 여기서 막아야 합니다."

백화연 또한 새하얀 장검을 꺼내 들며 전투를 준비했다.

차연주가 쯧 하고 혀를 찼다.

"우리 길드원들을 데려올 수 있었으면 좀 더 쉬웠을 텐데……."

"어쩔 수 없다. 저 악마가 게이트 밖으로 나가서 난동을 부리기 전에 도착했다는 것만으로도 만족해야지."

가장 최선의 방법은 소환 자체를 막는 것이었겠지만 이미 그건 늦었다. 남은 방법은 악마교가 소환한 악마를 이 자리에서 죽이는 것. 차연주와 백화연은 마력을 일으키며 오리악스를 노려보았다.

"영원을 걷는 존재여! 어서 저 하찮은 필멸자들에게 그대의 전능함을 보여주소서!"

-크크크크. 좋다. 전투와 살육은 이 오리악스가 즐기는 최고의 유흥이지.

오리악스는 7미터에 달하는 거구를 일으켰다. 등 뒤의 날개가 넓게 펼쳐졌다. 우드득 소리를 내며 근육이 부풀어 오르고 강렬한 마기가 그의 전신을 뒤덮었다.

오리악스의 시선과 화랑부대의 시선이 교차했다. 앞으로 벌어질 전투에 대한 환희가 그를 떨리게 만들었다.

오리악스는 거칠게 발을 구르며 손을 앞으로 뻗었다. 아직 남아 있는 균열 속에서 거대한 낫이 나타났다.

-오라! 하찮은 벌레들아!

거대한 낫을 든 오리악스가 소리쳤다.

가장 먼저 몸을 움직인 것은 구현모를 비롯한 화랑 2군의 요원들이었다. 구현모는 두 자루의 소도를 역수로 잡으며 외쳤다.

"포메이션 C! 우리가 얼마나 화끈한 놈들인지 저 근육 돼지에게 보여주자고!"

"예! 단장님!"

화랑부대원들이 일사불란하게 움직였다. 날카로운 창을 연상케 하는 진형.

선두에 선 구현모는 씨익 미소를 지었다. 그의 몸이 튕겨지듯 앞으로 쏘아져 나갔다.

콰앙! 창!

"크으으으!"

소도와 낫이 격돌했다. 구현모의 입에서 침음이 흘러나오며 그의 몸이 거칠게 뒤로 튕겨져 나갔다. 겉모습에 어울리는 무시무시한 괴력이었다.

"더럽게 세네!"

뒤로 튕겨난 구현모는 덜덜 떨리는 손을 진정시키며 소리쳤다. 만약 저 악마와 일대일로 싸우고 있던 중이었다면 이어지는 공격에 허무하게 몸이 갈라져도 이상하지 않은 상황이었다. 하지만.

"하하! 온갖 똥폼 잡다가 바로 날아가다니!"

"역시 단장님답습니다!"

그는 혼자가 아니었다.

구현모의 뒤를 이어 달려든 대원들이 폭풍처럼 쉴 새 없이 공격을 퍼부었다. 대부분의 공격은 막혔지만, 모든 공격이 막히지는 않았다.

오리악스의 피부에 조금씩 상처가 늘어났다.

-좋군!

오리악스는 몸에 상처가 늘어가면서도 오히려 기쁘다는 듯이 소리쳤다. 전투에 대한 열기가 그의 몸속에서 끓어올랐다.

후웅!

거대한 낫이 휘둘러졌다. 낫이 지나간 궤적을 따라 마기의 기운이 부채꼴 모양으로 폭발했다.

"크윽!"

"커헉!"

폭발하는 기운에 화랑부대원들이 낙엽처럼 쓸려 나갔다.

"하하하하! 봤느냐 이 하찮은 것들아! 이것이 바로 악마의 힘! 영생을 손에 넣은 불멸자가 가진 힘이다!"

유태식이 광기에 찬 목소리로 소리쳤다. 오리악스가 보여주는 강대한 힘이 그를 전율시켰다.

'고작 첫 소환에 이 정도라니!'

차원의 벽은 더더욱 약해지고 있었다. 앞으로 얼마든지 더욱 강력한 악마들을 소환할 수 있을 것이다. 그렇게 된다면 이 나라를, 세계를 악마교의 발아래 두는 것도 꿈이 아니었다.

그는 자신이 지배자가 된 세상에서 죽음에 대한 걱정 없이, 영생을 누리는 상상을 했다. 상상만으로도 전율에 몸이 떨렸다.

-크하하하! 이 정도냐, 인간들아! 더! 더 나를 즐겁게 해라! 더 나를 흥분시켜라!

오리악스는 광기에 찬 목소리로 소리쳤다. 그는 더욱 강한 적이 없나 주변을 살폈다. 그때, 그의 시야에 가만히 서서 이 쪽을 주시하고 있는 인간 하나가 들어왔다.

-응?

강우를 본 오리악스의 표정이 급격하게 굳어갔다.

-무, 무슨. 어, 어째서……?

오리악스는 경악에 찬 눈빛으로 강우를 바라보았다. 그의 손에 쥐어져 있던 낫이 바닥에 떨어졌다. 오리악스는 격렬하게 몸을 떨기 시작했다.

-왜, 왜 저분이 이곳에……. 아, 아냐. 그럴 리가 없어.

그는 미치기라도 한 것처럼 중얼거렸다. 바들바들 몸을 떨고 있는 그의 모습은 애처롭게까지 보였다.

"오리악스 님……?"

유태식이 당황스러운 표정으로 그를 바라보았다.

오리악스의 시선이 유태식을 향했다.

-취, 취소하라, 인간!

"…예?"

-지금 당장 소환을 취소하라고 했다!!

"아니, 갑자기 그게 무슨……."

-나, 나는 지옥으로 돌아갈 것이다! 어서 소환을 취소하고 날 돌려보내라! 으아아아! 저 괴물이 다가오고 있지 않느냐! 어서 빨리 날 지옥으로 돌려보내!

오리악스의 절규가 동굴 안에 울려 퍼졌다.

"……."

오리악스의 절규에 갑작스러운 침묵이 내려앉았다.

유태식은 상황을 따라갈 수 없다는 듯이 어리둥절한 표정으로 오리악스를 올려다보았다.

"부, 불멸자여! 가, 갑자기 왜 그러십니까?"

-불멸자라니. 헛소리하지 마라, 인간이여! 우리는 단지 수명의 제약이 없을 뿐 죽는 건 똑같다!

"하, 하지만 방금 전투와 살육의 최고의 유흥이라고……."

-내가 당하는 입장이라면 즐거울 리가 없지 않나!

'뭐 이렇게 꼴불견인 거야.'

유태식은 어처구니없다는 표정으로 오리악스를 바라보았다. 살육이라는 것이 당하는 입장이라면 즐겁지 않다는 것은 당연한 얘기였지만 방금까지 기세등등했던 악마가 저런 소리를 하니 더없이 꼴사납게 느껴졌다.

'무슨 일이야, 이게?'

방금 전까지만 하더라도 자신감에 차 있었던 오리악스. 그가 갑자기 손바닥 뒤집듯 태도를 바꾼 이유를 알 수 없었다.

적절한 비유는 아니겠지만 PC방에서 온갖 센 척을 하며 게임을 하던 도중 엄마를 발견한 초등학생 같은 모습이었다.

-뭘 꾸물거리고 있느냐! 어서 소환을 취소해라! 날 지옥으로 돌려보내란 말이다!!

오리악스는 발작하듯 소리쳤다.

유태식은 초조한 표정으로 손톱을 깨물었다. 그의 계획이 틀어지고 있었다.

'많고 많은 악마 중에 하필이면 이딴 놈이 소환돼서……'

유태식은 굉장히 운이 없다고 생각했다. 지옥, 그것도 무려 칠천지옥에 속하는 악마가 이렇게 한심한 겁쟁이일 줄이야.

머릿속이 복잡해졌다. 어떻게 해야 이 상황을 해결할 수 있을지 짐작조차 가지 않았다.

"다시 돌아가는 것은 불가능합니다. 걱정 마십시오, 오리악스 님. 저들은 하찮은 필멸자에 불과합니다! 오리악스 님의 힘이라면 저런 나약한 놈들은 어렵지 않게 쓸어버리실 수 있으실 겁니다."

-하찮은 필멸자라고? 나약하다고?

오리악스는 이글거리는 눈빛으로 유태식을 노려보았다.

-멍청한 인간! 네가 뭘 알고 있다고 그런 개소리를 지껄이는 거냐! 너는 아무것도 모른다. 저자가 누구인지, 무슨 짓을 해왔는지!

공포에 질린 눈빛. 처절함이 느껴지는 목소리. 유태식의 눈빛에 더더욱 의문이 퍼졌다. 대체 악마를 저 정도로 겁에 질리게 만들 수 있는 존재가 누구인지 짐작이 가지 않았다.

"대체 누굴 모른다는……."

콰아아앙!

유태식의 말을 끊어내며, 강렬한 충격이 동굴을 뒤흔들었다. 강우가 쏘아낸 파공의 권능이었다. 그는 오리악스를 바라보며 골치가 아프다는 표정을 짓고 있었다.

'설마 날 알아볼 줄이야.'

강우는 예상치 못한 전개에 눈살을 찌푸렸다.

분명 구천지옥 내에서 강우가 유명한 것은 사실이었다. 하지만 지구처럼 영상 매체도, 통신도 발전하지 않은 지옥에서는 순수한 입소문만으로 소식이 퍼질 수밖에 없었다. 그러한 사정 때문에 강우에 대한 소식 자체는 들었어도 그 실제 모습에 대해서는 모르고 있는 악마가 대부분이었다.

그런데 하필 그중에서 자신의 얼굴을 알고 있는 악마가 소환되다니. 운이 없다면 없다고 할 수 있는 상황이었다.

'아니, 오히려 그 반대인가.'

강우는 겁에 질려 있는 오리악스를 바라보았다.

지금 강우는 과거 지옥에서의 힘을 대부분 봉인 당한 상태였다. 레벨 업과 포식을 통해 어느 정도 힘을 복구했다고 하지만 전성기 그와 비교조차 수는 없었다. 그런 상황에서 칠천지옥의 악마라면 꽤나 버거운 상대였다.

'저쪽이 먼저 저렇게 겁을 먹어준다면 상대하기 편하지.'

강우의 입가가 비틀어 올라갔다. 그는 입맛을 다시듯 입술을 핥았다.

[오리악스라고 했나?]

-허업!

오리악스의 귓가에 강우의 목소리가 울려 퍼졌다.

오리악스는 겁에 질린 표정으로 몸을 떨었다. 그의 목소리를 들은 것만으로도 머릿속이 새하얗게 변하는 기분이었다. 영혼에 새겨진 공포. 마왕이라는 절대적인 존재에 대한 거스를 수 없는 두려움이 그를 집어삼켰다.

-그, 그렇습니다.

오리악스는 떨리는 목소리로 대답했다.

[내게만 들리도록 말해라.]

[아… 예! 알겠습니다!]

오리악스는 다급히 고개를 끄덕였다. 지금 그가 인간들과 의 사소통을 하는 것은 의념 자체를 쏘아 보내는 방식이었다. 강 우 한 명에게만 목소리가 들리게 만드는 것은 어렵지 않았다.

[어, 어째서 마왕님이 이곳에…….]

[내가 네게 질문하라고 했나?]

[아, 아닙니다! 죄송합니다!]

오리악스는 움찔 몸을 떨며 고개를 저었다.

강우는 자신의 말 한마디, 한마디에 격렬하게 반응하는 오 리악스를 바라보며 만족스러운 미소를 지었다.

'생각보다 더 쉽겠는데.'

격렬한 공포는 이성을 갉아먹는다. 어디서 자신을 봤는지는 모르겠지만 저렇게까지 기겁하는 것을 보면 그가 가진 공포심 은 상당한 것 같았다. 싸우기도 전부터 꼬리를 만 개처럼 넙죽 엎드린 상태니 이미 승부는 정해진 것이나 다름없었다.

'들키지만 않으면 돼.'

지금 자신의 힘이 약해져 있다는 사실만 오리악스에게 들키 지 않으면 무난하게 그를 구워삶을 수 있었다.

'겁에 질린 개새끼 한 마리를 속이는 것 정도야.'

어려울 것 없는 일이었다. 아니, 오히려 시시하게 느껴질 정도로 손쉬운 일이었다.

[내 계획을 방해한 것 같군.]

강우는 의미심장한 목소리로 말했다. 오리악스의 눈이 부릅떠졌다.

[계, 계획… 말씀입니까?]

[감히 내게 되묻는 건가?]

[죄, 죄송합니다!]

일방적인 대화.

질문을 차단당한 오리악스의 표정이 다급해졌다. 지금 절박한 상황에 처해 있는 것은 오리악스였다. 그는 마왕에 대한 깊은 공포에 질린 채 초조해하고 있었다.

'그리고 절박하면 절박할수록……'

생각이 많아졌다.

[으, 으으……]

오리악스는 필사적으로 강우가 말한 '계획'에 대해서 생각하고 있었다.

강우는 고민에 잠긴 그의 모습을 느긋하게 바라보았다. 아무리 고민한다고 해도 그는 강우가 말한 계획이 무엇인지 알 수 없을 것이다.

'애초에 대충 의미심장해 보이는 말을 던진 것뿐이니까.'

자신의 힘이 약해졌다는 사실을 들키지 않기 위해서는, 그 사실에 대해서 의심을 할 수 있을 만한 여유를 주지 않으면 됐다. 오리악스의 표정이 점점 더 일그러졌다. 아무리 생각해도 그의 계획이 무엇인지 알 수 없다는 표정. 적당히 타이밍을 기다리고 있던 강우는 낮은 목소리로 말했다.

[기회를 주도록 하지.]

[기, 기회 말씀입니까?]

[그래. 만약 네가 성공한다면 내 권속으로 받아들여 주마.]

[귀, 권속!]

오리악스는 경악했다.

마왕의 권속! 일곱 대공이 모두 마왕의 손에 죽은 이후, 악마들 사이에서 최고의 명예는 바로 마왕의 권속이 되는 것이었다. 마왕의 권속이 된다면 그가 가진 힘의 일부를 받아들일 수 있었다.

무한한 마기의 일부만 받아들인다고 해도 그 힘은 압도적. 팔천지옥은 물론 구천지옥 내에서도 감히 그를 무시할 수 있을 자가 없을 정도로 단숨에 강해질 것이 분명했다. 그것은 힘을 숭배하는 악마들에게는 거부할 수 없는 제안이었다.

[어떤 명령이든 따르겠습니다! 이 오리악스! 마왕님께 영원한 충성을 맹세하겠습니다!]

오리악스는 갑작스럽게 찾아온 기회에 투지를 불태웠다.

[지금 여기 있는 인간들을 무기를 사용하지 않고 싸워 이겨

봐라. 네놈의 자격이 충분한지 시험하겠다.]

[알겠습니다!]

오리악스는 망설이지 않고 고개를 끄덕였다.

강우는 그런 그의 모습을 바라보며 피식 웃음을 흘렸다.

'좀 의심이란 걸 해봐라, 인마.'

힘을 시험하기 위해서 무기도 사용하지 말고 적들과 싸우라니. 지능이 있는 생물이라면 당연히 의심할 만한 일이었다.

'뭐, 그럴 수가 없겠지만.'

이것은 지식과 지능의 문제가 아니었다.

마왕이라는 이름이 가진 절대적인 권위의 영향이었다. 밀그램의 복종 실험이 증명하듯, 인간은 권위 앞에 허무할 정도로 쉽게 복종한다.

그것은 악마라고 해도 다르지 않았다. 오리악스는 강우의 명령대로 바닥에 떨어뜨렸던 낫을 발로 걷어차 멀리 튕겨냈다. 그러고는 맨손으로 공격 자세를 취하며 화랑부대와 대치했다.

"저 악마 놈 갑자기 왜 저러는 거야?"

"글쎄… 나도 모르겠다."

백화연은 가늘게 눈을 뜨며 말을 이었다.

"하지만, 지금이 저 악마를 공격할 절호의 기회라는 것만은 확실한 것 같군."

소환된 악마가 갑자기 왜 저런 행동을 보이는지는 알 수 없었다. 하지만 확실한 것은 불리하던 전세가 한 번에 뒤집어졌다는 것이다.

'하늬바람.'

백화연이 검을 뻗자 새하얀 검신에서 바람이 일었다. 마력으로 만들어진, 예기를 머금은 바람. 잔잔한 바람이 불었다. 그러나 그 잔잔함 속에 살을 베어내는 예기가 숨어 있었다.

촤아악!!

-크으으윽!

오리악스의 입에서 고통스러운 신음이 흘러나왔다. 바람을 맨손으로 튕겨낸 그의 피부가 갈라졌다.

-이 벌레 같은 것들이!

오리악스는 거칠게 주먹을 휘둘렀다. 백화연의 검과 그의 주먹이 부딪쳤다.

콰앙!!

"크윽!"

주먹과 부딪쳤다는 생각이 들지 않을 정도로 강렬한 폭음이 울려 퍼졌다. 백화연이 뒤로 튕겨져 나갔다.

오리악스는 튕겨져 나간 백화연을 향해 달려들려고 했다. 차연주가 그의 앞을 막아섰다.

"흥, 자꾸 누구보고 벌레라고 욕하는 거야?"

차연주가 불쾌하다는 듯 손을 뻗었다. 그녀가 눈을 감고 정신을 집중하자 양 손목에 채워진 팔찌가 붉은빛으로 빛나기 시작했다.

'블러드 체인.'

날카로운 가시가 돋친 쇠사슬이 팔찌에서 뿜어져 나왔다. 수십 줄에 달하는 기다란 쇠사슬이 동굴 바닥을 타고 움직였다. 마치 뱀이 움직이고 있는 것 같은 재빠른 움직임.

바닥에 퍼진 쇠사슬들이 오리악스를 노리기 시작하고, 곧 넓게 펼쳐진 쇠사슬의 그물이 그를 덮쳤다.

-크아아아아아!!!

날카로운 가시가 피부를 파고들었다. 살이 찢어지며 피가 흘러나왔다. 쇠사슬이 탐욕스럽게 그의 피를 흡수했다. 그는 표정을 일그러뜨린 채 차연주를 노려보았다.

'강하다.'

인간이라고는 믿을 수 없을 정도였다.

-제길!

무기를 사용해도 완벽히 막을 수 있을지 없을지 알 수 없는 공격이었다.

그는 답답하다는 듯이 자신의 맨손을 내려다보았다. 평소 맨손으로 싸우는 악마였다면 모를까. 기나긴 세월을 낫과 함께 싸워왔던 그였다. 모든 움직임들이 감각적으로 '낫'을 다루는 데 최적화되어 있었다. 그런 상황에서 갑자기 맨손으로 싸우려니 제대로 싸울 수가 없었다. 움직임은 조잡해졌고, 위력은 형편없어졌다.

'하지만 이 모든 것이 마왕님의 시련!'

그는 그 답답한 마음을 억누르며 인간들과의 전투를 이어갔다. 하지만 싸움이 길어질수록 상처가 늘어나고 투지에 불타올랐던 그의 눈빛이 점점 사그라지며 움직임이 느려졌다.

-크으으으.

오리악스가 한쪽 무릎을 꿇었다. 이제는 더 이상 무기가 있어도 인간들을 상대할 수 있을지 없을지 알 수 없었다.

그때, 그의 시선에 강우가 멀리 팅겨낸 자신의 낫을 들며 다가오는 것이 보였다.

'무기를 돌려주시려고 하는구나!'

오리악스의 눈에 불꽃이 튀어 올랐다. 저 무기와 함께 마왕의 힘을 건네받은 자신이 인간들을 쓸어버린다! 건방지게 자신을 위협했던 벌레들을 압도적인 힘으로 짓밟아 버린다!

'그림이 그려지는군!'

시련을 극복하기 위한 자신의 필사적인 발버둥!

필시 마왕도 그런 그의 피나는 노력에 감동했을 것이 틀림없었다.

-아아… 마······.

푸욱!

-어……?

자신에게 건네줄 것이라고 생각했던 낫이 그의 가슴을 깊게 파고들어 있었다. 그는 영문을 알 수 없다는 표정으로 자신의 가슴을 내려다보았다.

-어, 어째서……?

"원망하지 마라, 오리악스."

강우는 가슴에 박아 넣은 낫을 거칠게 아래로 내려 그었다. 그러자 상처가 벌어지며 오리악스의 피가 분수처럼 뿜어져 나왔다.

그는 짙은 미소를 입가에 머금었다.

"원래 사기란 건 당한 놈이 잘못한 거야."

[칠천지옥의 악마 오리악스를 성공적으로 처치하였습니다.]

[마무리 보너스로 인해 추가 경험치를 획득합니다.]

[경험치가 폭발적으로 상승합니다.]

[레벨이 5 상승합니다.]

[50레벨에 도달하여 6차 각성이 이루어집니다.]

[6차 각성 특성이 개화되었습니다.]

◆ 6장 ◆
여섯 번째 특성

'아주 좋아.'

연달아 들리는 청아한 방울 소리에 강우의 입가가 자연스럽게 올라갔다. 그는 6차 각성을 하면서 한층 더 약해진 만마전의 봉인을 느꼈다. 폭발적인 마기가 몸 안에 휘몰아치고 있었다.

'지금이라면 차연주도 이길 수 있을 것 같은데.'

이제 고작 54레벨, 갓 6차 각성을 마친 플레이어의 생각으로는 너무 오만한 생각이었다.

차연주는 레벨 성장이 멈춘다는 노력의 끝, 59레벨의 벽을 뚫고 무려 9차 각성까지 성공한 플레이어였다. 레벨이 높아질수록 스탯 보너스가 누적된다는 것을 고려한다면 그녀는 어지간한 6차 각성 플레이어가 한 트럭 와도 상대할 수 없는 강자.

'하지만.'

강우의 시선이 차연주를 향했다.

그녀와 직접 전력을 다해 싸워본 것은 아니었다. 그렇지만 이번에 김재현, 오리악스랑 싸우는 그녀의 모습을 보고 어느 정도 확신이 들었다. 자신은 이미 차연주보다 높은 경지에 발을 디뎠다.

'아직 압도할 정도까지는 아니겠지만.'

지구로 귀환한 직후를 떠올린다면 경이로운 성장 속도였다.

'앞으로가 좀 문제네.'

강우는 자신의 레벨을 확인하며 눈살을 찌푸렸다.

플레이어들의 첫 번째 관문. 일명 '노력의 끝'이라고 불리는 59레벨. 여기서는 일반적인 몬스터 사냥으로는 경험치가 축적되기만 할 뿐, 더 이상 레벨이 오르지 않았다.

'사람마다 극복하는 방법이 다르다고 들었는데.'

누군가는 무협지처럼 깨달음을 얻어 레벨 제한이 풀렸고, 누군가는 강력한 몬스터를 잡고 나서 풀렸으며, 누군가는 목숨이 경각에 달하자 풀렸다. 그냥 한숨 자고 있다가 제한이 풀린 플레이어도 있을 정도로 천차만별이었다.

'재능이 있는 플레이어는 금방 극복한다고 하지만……'

특성의 등급이 높거나 재능이 있는 플레이어일수록 레벨 제한을 쉽게 극복했다. 애초에 '노력의 끝'이라는 이름이 붙은 이유도 그러한 이유였다.

'일단 도달해 보지 않으면 모르는 거니까.'

확률이 크다는 것뿐이지 무조건 쉽게 극복한다는 말이 아니었다. 단적인 예로 1차 각성에서 S급 특성을 개화했던 차연주도 59레벨의 벽에 꽤나 오래 막혀 있었다.

'일단 이건 나중에 생각하자.'

강우는 시선을 옮겼다. 마음 같아서는 바로 6차 각성 특성도 확인하고 싶었지만, 지금은 그보다 먼저 해야 할 일이 있었다.

'포식의 권능.'

강우는 한 손을 슬쩍 뒤로 빼냈다.

다른 사람의 시야에서 자신의 손이 보이지 않는 것을 확인한 강우는 바로 포식의 권능을 사용했다. 그의 손에서 흘러나온 검은색 연기가 오리악스의 시체를 뒤덮었다.

"엇?"

"저, 저건……."

구현모와 화랑부대의 입에서 당황스러운 목소리가 흘러나왔다.

강우는 포식의 권능 사용할 때 나오는 씹어 먹는 소리가 흘러나오지 않게 권능을 조절했다. 그러자 마치 악마의 시체가 검은색 연기로 변해 사라지는 것처럼 보였다.

"…악마들은 죽으면 시체가 사라지는 건가?"

구현모는 고개를 갸웃거리며 말끔히 사라진 오리악스의 시체를 바라보았다. 악마에 대한 기록이 거의 존재하지 않다 보니 확인할 수 있는 길이 없었다.

[마기 스탯이 3 상승합니다.]

'고작 3?'

강우는 눈살을 찌푸렸다. 기대했던 것에 비해서는 너무도 낮은 스탯 증가치였다.

'마기 스탯이 너무 높아서 그런가.'

현재 그의 마기 스탯은 83. 80레벨을 넘어 9차 각성에 도달한 플레이어의 주력 스탯과 비슷할 정도로 높은 수치였다.

스탯 수치가 높을수록 굉장히 올리기 힘들어진다는 것을 생각한다면 3이 증가한 것도 굉장히 고무적인 일이라고 할 수 있었다.

'올리기 힘든 만큼 효과가 크니까.'

사실 증가한 마기의 절대량만 놓고 보면 과거 안드라스 길드에서 마기 스탯 20이 한 번에 오른 것보다 더 많은 양의 마기가 증가했다.

'아쉬워할 이유가 없었군.'

오른 스탯의 수치가 중요한 것이 아니었다. 중요한 것은 스탯이 올라감으로써 증가한 마기의 양 그리고 질이었다. 고작 3이 증가했을 뿐이지만 지금 그의 마기는 확연히 차이가 느껴질 정도로 강해져 있었다.

강우는 만족스러운 미소를 지으며 고개를 돌렸다. 그의 시선이 향한 곳에는 차연주의 쇠사슬에 몸이 구속된 유태식이 있었다.

"크윽!"

"화연 씨, 이놈이 그 붉은 가면 쓰는 놈입니까?"

구현모가 몸부림치고 있는 유태식의 뺨을 장난스럽게 찌르며 물었다.

"아니, 이자는 그의 부하입니다."

"끄응. 쉽게 모습을 드러내지 않네요. 이런 정신 나간 놈들은 후딱후딱 쓸어버리고 싶은데."

구현모는 아쉽다는 듯 유태식의 뺨을 거칠게 후려쳤다.

겉보기에는 가벼운 분위기의 양아치로만 보이지만 그도 화랑 2군을 책임지고 있는 단장. 악마교라는 집단이 얼마나 위험한 놈들인지는 잘 이해하고 있었다.

"일단 조사실로 데려가서 심문부터 하죠. 아! 저희 지방은 그래도 서울보다는 감시가 덜 빡빡해서 아주 확실하게 심문을 할 수 있습니다."

구현모는 비릿한 미소를 지었다. 그는 유태식을 내려다보며 손가락을 꿈틀거렸다.

"기대해라, 이 쓰레기 자식아. 다년간의 노력으로 다져놓은 나의 72가지 심문 기술을……."

"쿨럭! 쿨럭!"

"엥? 이놈 왜 이래? 아직 시작도 안 했는데."

갑자기 검은 피를 토해내기 시작하는 유태식.

강우가 다급히 그를 향해 다가갔다. 피를 쏟아내고 있는 유태식에게서 갑작스럽게 강렬한 마기가 느껴졌다.

'이건…….'

강우의 눈이 가늘어졌다. 이런 모습은 전에도 몇 번 본 적이 있었다. 마치 봉인을 풀 듯, 몸속에 응어리진 마기를 풀어내는 모습. 그리고… 그 말로.

"커허어어억! 커헉! 억!"

우득! 우드드득!

"이, 이건 또 뭐야 갑자기?"

"일단 떨어져야 합니다, 단장님!"

구현모와 백화연이 거리를 벌렸다.

우드드득!

유태식의 몸이 부풀어 올랐다. 이마에서 두 개의 뿔이 돋아나며 등가죽을 뚫고 날개가 튀어나왔다. 하지만 그럼에도 '악마'로 변하고 있다는 느낌은 들지 않았다.

피부는 녹아내렸고, 얼굴을 흉측하게 일그러졌다. 그의 얼굴을 뒤덮었던 문신은 어느새 흔적도 보이지 않았다.

양팔이 갈라지며 네 개로 늘어났다. 광대에서부터 턱 아랫부분까지 날카로운 이빨이 뒤죽박죽 자라났다. 욕망에 잡아먹힌 자의 말로. 악마조차 되지 못한 쓰레기.

"제길."

강우의 표정이 일그러졌다. 한 번 저렇게 변해 버리면 그 뒤로는 돌이킬 수 있는 방법이 없었다.

'이번에도 그 가면 빌런의 정체는 찾을 수 없겠군.'

강우는 마음에 들지 않는다는 듯이 혀를 찼다.

붉은 가면 사내의 성격을 생각했을 때 유태식이 그의 정체에 대해서 알고 있을 가능성은 드물었다. 하지만 그렇다고 하더라도 정체를 유추할 수 있는 자잘한 정보들마저 얻을 기회를 날려 버린 것은 속 쓰린 일이었다.

"크아아아아아!"

마물로 변한 유태식이 달려들었다. 하지만 칠천지옥의 악마와도 맞붙을 수 있는 전력을 가지고 있는 플레이어들에게 마물로 변한 유태식 정도는 가소로웠다.

"제길! 이러면 심문도 못 하잖아!"

콰드드드득!

"크아, 아아아!"

차연주가 거칠게 손을 휘젓자 붉은 쇠사슬이 유태식의 몸 전체를 휘감았다. 그녀는 흥분에 찬 목소리로 소리치며 유태식의 몸을 사슬로 집어 들어 벽에 내다 꽂아 버렸다.

"진정해라, 연주. 그래도 아예 단서가 없는 건 아니지 않나."

"…하아."

차연주의 입에서 깊은 한숨이 흘러나왔다. 화풀이처럼 유태식의 몸을 들어 바닥에 여러 차례 내다 꽂은 그녀는 답답하다는 듯이 이마에 손을 올렸다.

"이제 남은 건 한울, 온누리, 사나래 중에 어디가 악마교에 가담하는지 알아보는 것뿐이네."

"우선 한동안은 우리도 정비를 하는 게 좋을 것 같다. 저쪽도 이런 일이 있었는데 쉽게 움직이지 못할 거야."

"그건 그렇지."

그녀는 아쉽다는 듯이 곤죽이 된 유태식의 시체를 내려다보았다. 악마교의 뿌리를 완전히 뽑아버리지 못했다는 사실이 못내 마음에 걸렸다.

백화연은 그런 차연주를 뒤로한 채 강우에게 말했다.

"아, 그리고 강우 자네에 대해서는 정부 차원에서 따로 보상이 있을 거다."

"흠?"

강우는 갑작스러운 백화연의 말에 눈을 반짝였다.

백화연은 피식 웃음을 흘리며 말을 이었다.

"이번에 미르 길드의 꼬리를 잡은 것, 김재현을 손쉽게 무력화시키고 심문을 도와준 것. 포항으로 빨리 올 수 있게 된 것 모두 자네의 덕분이 아닌가. 이런 상황에서 보상이 없다면 내 얼굴에 먹칠하는 것이다."

이번 사건에서 강우의 활약은 막대했다. 노골적으로 말하면, 그가 없었다면 지금 악마가 소환되었다는 사실 자체도 모르고 있었을 가능성이 컸다.

강우로서도 당연히 반가운 소식이었다.

"설마 쓸데도 없는 표창장 이런 건 아니겠죠."

그런 보상이라면 이쪽에서 거절이었다.

"하하. 내가 그 정도로 멍청하지는 않아. 정확한 것은 나중에 따로 연락해서 알려주도록 하지. 돌아가는 길에 연락처 좀 알려주게."

"되도록 저에 대한 소문 없이 보상 처리됐으면 좋겠네요."

"흐음. 유명해지는 것을 꺼리는 타입인가?"

"쓸데없이 시선을 끌 필요는 없으니까요."

"음. 비공식적으로 보상을 줄 수는 있지만 아무래도 소문이 나는 것 정도는 감수해야 할 것 같다."

즉, 알 만한 사람들 사이에는 어느 정도 이름이 팔릴 것이란 의미. 단순히 레드로즈 길드의 후원을 받는 루키로 있는 것보다는 주목을 받을 가능성이 더 컸다.

"보상이 뭔가에 따라서 결정하도록 하죠."

성급하게 답을 낼 필요는 없었다. 보상이 주목을 받는 것 이상의 가치가 있다고 판단된다면 그때 가서 결정을 내려도 늦지 않았다.

'주목을 피하려고 좋은 보상을 버릴 수는 없는 노릇이니까.'

어차피 이대로 시간이 흐른다면 그의 이름은 자연스럽게 퍼지기 시작할 것이다. 소문이 퍼지지 않기에는 그의 존재 자체가 너무도 이질적이었다.

"하하. 기대해도 좋을 거다."

백화연은 자신감에 찬 표정으로 말했다.

그녀의 호언장담에 강우도 눈을 빛냈다. 백화연은 허세를 부릴 만한 인간이 아니었다. 그녀가 저렇게까지 말한다면 정말 그 보상이란 것을 기대해 봐도 좋으리라.

"당연히 연주, 너희 길드 측에도 보상이 주어질 것이다. 적극적으로 협조해 줘서 고맙다."

"뭐… 내겐 그럴 만한 이유가 있었으니까."

차연주는 무거운 표정으로 말을 이었다.

"우선 오늘은 이만 다들 돌아가자. 좀… 쉬고 싶네."

김재현의 일부터 악마와의 전투까지. 피곤하지 않은 것이 이상한 상황이었다. 강우는 씁쓸한 표정을 짓고 있는 차연주를 바라보았다.

'단순히 지친 것만은 아닌 것 같군.'

아마 그 악마교에게 희생당했다는 길드원에 대해서 떠올리고 있으리라.

'자책하고 있겠지.'

모든 일의 원흉이라고 할 수 있는 붉은 가면의 정체를 끝내 밝히지 못했다. 그녀는 그 점에 대해서 아쉬움과 후회를 곱씹고 있을 것이다.

강우는 동굴 밖을 향해 몸을 돌리며 나지막이 말했다.

"너는 잘해나가고 있어."

"뭐……?"

"복수 말이야."

"……."

"이 정도면 충분하다는 말은 하지 않을게. 하지만 자책할 필요는 없어. 조급해할 필요도 없지. 기회는 올 거야. 그때 누구보다 확실하게 놈들의 숨통을 끊어내면 돼."

"……."

"걱정하지 마. 내가 도와줄 테니까."

"흥, 건방진 놈. 네가 뭐라고 날 도와줘?"

차연주는 강우에게서 고개를 획 돌렸다. 입으로는 툴툴거렸지만, 그의 위로 아닌 위로의 말에 꽤나 마음이 가벼워진 것 같았다. 그녀의 입가에 희미한 미소가 지어졌다.

'조급해하다가 실수라도 하면 곤란하니까 말이야.'

조급함은 실수를 불러온다. 괜한 실수로 그녀를 잃어버리기라도 한다면 곤란했다. 단순히 레드로즈 길드에서의 지원이 끊어진다는 문제가 아니었다.

'그래도 어느 정도는 정이 들었으니까.'

강우는 그런 생각을 하며 상태창을 열었다.

'그럼 어디 6차 각성 특성을 확인해 볼까.'

내심 굉장히 기대하고 있던 순간이었다. 아마 모든 플레이어가 새로운 특성을 개화했을 때는 강우와 같은 심정일 것이다. 그는 선물 포장지를 뜯는 아이처럼 조심스럽게 상태창을 확인했다. 6차 각성으로는 어떤 특성을 얻었을까, 얼마나 더 강해질 수 있을까 하는 기대감이 끓어올랐다.

"…이게 뭐야."

상태창을 열어 특성을 확인한 강우의 표정이 거칠게 일그러졌다.

6차 각성 특성: ???(Rank: ???)] *극마지체에 도달한 이후 특성이 완전히 개화합니다.

'또 물음표야?'

포식의 권능에 이어 극마지체의 조건, 그리고 6차 각성 특성까지. 이제는 지긋지긋할 정도였다.

'아니, 시바. 극마지체 조건도 모르는데 그 이후에 개화한다고 하면 어쩌라는 거야.'

뭘 알려줘야 조건을 달성하기 위한 노력이라도 하지 않겠는가. 누군가가 악의를 가지고 특성을 이렇게 만들었다는 생각이 들 정도였다. 아니, 제발 누군가가 의도적으로 특성을 이렇게 줬다고 생각하고 싶었다.

'나중에라도 만나면 대가리를 물음표 모양으로 접어버릴 테니까.'

강우는 물음표로 가득 찬 상태창을 바라보며 표정을 구겼다.

◆ 7장 ◆

짧은 휴식

"당했군."

어두운 방 안. 수정구슬을 바라보고 있던 사내의 입에서 나지막한 목소리가 흘러나왔다.

붉은 악마 가면을 쓴 사내는 아무 감정이 담기지 않은 눈빛으로 고개를 돌렸다. 그의 시선이 향한 곳에는 검은색 로브를 입은 사제들이 무릎을 꿇고 있었다.

"소환 성공을 축하드립니다."

"이번에 교단에서 추가적인 지원을 약속했습니다."

"지원만 받으면 이제 본격적인 계획을 실행에 옮길 수 있을 겁니다."

사제들은 입을 모아 악마 소환의 성공을 축하했다. 붉은 악마 가면의 사내는 작게 고개를 끄덕였다.

"구체적인 지원은 어떻게 되지?"

"마기를 응축시킨 마정(魔晶)입니다. '계획'은 물론 추기경님의 힘을 더욱 증폭시키기에도 충분한 분량입니다."

"좋군."

가면의 사내는 만족스러운 목소리로 답했다. 그의 목소리는 주어질 힘에 대한 강한 열망이 녹아내려 있었다.

결과야 어떻게 되었든 소환 자체는 성공적이었다. 교단이 제시한 조건을 만족한 셈. 그에 따른 보상을 받는 것은 당연했다.

'이렇게 허무하게 당할 줄은 몰랐지만 말이야.'

구슬을 통해 본 영상을 떠올린 그는 눈살을 찌푸렸다. 애초에 소환 자체에 중점을 두기는 했지만 설마 이 정도로 쉽게 악마가 제압당하리라고는 생각하지 않았다.

'적어도 화랑부대에 큰 피해를 주길 바랐는데.'

화랑부대와 악마교에 가담하지 않은 대형 길드는 앞으로 한국이라는 나라를 집어삼킬 그의 계획에 방해가 되는 존재들이었다. 이번 기회에 그 세력에 피해가 있길 바랐던 것이 솔직한 생각이었다.

하지만 그 결과는 참담했다. 기껏 소환한 악마는 갑자기 이해할 수 없는 행동을 하더니 그대로 죽어버리고 말았다.

'대체 왜 악마가 그런 행동을 한 거지.'

그는 이해할 수 없다는 듯이 눈살을 찌푸렸다.

처음에 의기양양하게 등장한 것도 잠시, 갑작스럽게 불에 덴 짐승처럼 꽁무니를 말고 겁에 질리기 시작했다. 그가 예상했던 악마의 행동과는 완전히 다른 모습이었다.

'차연주 때문인가?'

동굴에 도착한 플레이어 중에 가장 강력한 플레이어는 단연코 레드로즈 길드의 길드장 차연주였다.

"……."

고민을 이어가던 가면의 사내는 이내 고개를 저었다.

차연주는 그도 몇 번 마주친 적 있는 플레이어였다. 강한 것은 두말할 여지가 없었지만, 악마가 공포에 질려 벌벌 떨 정도로 특출난 것은 아니었다. 아니, 설사 그렇다고 하더라도 자존심 덩어리라 할 수 있는 악마가 싸워보기도 전에 그렇게 공포에 떠는 것은 말이 되지 않았다.

'뭔가 있어.'

그의 눈이 가늘어졌다. 그가 모르는, 무언가 결정적인 이유가 있을 것이 분명했다. 문제는 구슬을 통해 본 영상만으로는 그 이유에 대해서 알 수 없다는 사실.

'마지막에 낫을 들어 공격한 그놈인가?'

날카로운 인상을 가진 청년의 모습이 떠올랐다. 강우라는 이름을 가진 청년의 정체에 대해서는 그도 미리 전해 들은 바가 있었다. 레드로즈 길드가 밀어주고 있는 루키. 상당한 재능을 가졌다고 은밀하게 소문이 돌기 시작한 플레이어.

"흠……."

사내의 입에서 짧은 침음이 흘러나왔다. 아무리 그래도 루키는 루키였다. 레드로즈가 그를 지원해 준 지 한 달이 이제 막 지나고 있을 뿐이니 강해져 봤자 한계가 있었다.

'모르겠군.'

어째서 악마가 그런 행동을 했는지 이해할 수 없었다.

'확인해 봐야겠어.'

사내의 눈이 날카롭게 빛났다.

"추기경님 다른 소식이 하나 더 있습니다."

"말해라."

"월드 랭커들이 움직일 조짐을 보이고 있습니다."

"……."

사내는 '월드 랭커'라는 단어에 거칠게 표정을 일그러뜨렸다. 그들이 움직인다는 사실이 아닌, 월드 랭커라는 칭호 자체에 분노한 것 같은 모습.

"흐음."

분노는 잠시였다. 사내는 의자에 등을 기댔다.

최근 한 달 사이 차원의 벽이 급격히 약해지면서 악마교의 활동은 엄청나게 활발해졌다. 그에 따라 다른 놈들이 움직이는 것은 필연이었다.

"교단에서 지시는?"

"딱히 없습니다."

"없다, 라……."

사내는 흥미롭다는 듯이 눈을 빛냈다. 지금 상황에서도 지시가 없다는 얘기가 의미하는 것은 한 가지였다.

"서둘러야겠군. 계획은 그대로 진행한다. 우선은 엘 쿠에로부터 시작해."

그의 입에서 수원 S급 게이트에 서식하는 보스 몬스터의 이름이 흘러나왔다.

"예!"

머리를 조아린 사제들이 우렁찬 목소리로 답했다.

악마 소환 사건이 일어난 후, 강우는 에키드나를 타고 집으로 향했다. 차연주와 백화연은 극구 반대했기에 함께하지 않았다.

집으로 돌아오니 김시훈을 병원에 데려다주고 온 한설아가 있었다.

한설아만이 아니었다. 은비와 태수도 함께 있었다. 그들은 강우에 대해서 굉장히 물어볼 것이 많다는 눈빛으로 자리에 앉아 있었다.

"내일 시훈 씨의 병문안을 가서 말해줄게."

이미 사건에 한 다리 걸친 그들에게 더 이상 숨기고 있을 수만은 없었다.

다음 날 강우는 김시훈이 입원한 병원에 가서 전후 사정을 설명했다. 그가 레드로즈 길드의 후원을 받고 있는 플레이어이며, 악마교라는 정체불명의 집단이 국내에서 움직이고 있다는 것. 그리고 김재현과 김영훈이 그 악마교에게 제물을 공급하고 있다는 것까지.

"그렇다면… 강우 씨는 제 소문을 듣고 일주일 동안 제 주변에 잠복해 있으셨다는 말씀입니까?"

"예. 처음 소문을 듣는 순간 그게 시훈 씨에 대한 얘기라는 걸 알았거든요."

"어디서 그런 소문이……."

"플레이어들의 세계는 좁으니까요. 그리고 저희 파티의 경우 굉장히 눈에 띄는 외모의 사람이 많습니다. 소문이 나지 않는 게 이상하죠."

강우는 태연한 표정으로 답했다.

당연한 얘기지만 김시훈을 미끼로 사용하기 위해 은밀하게 소문을 뿌린 것이 자신이라는 말은 하지 않았다. 지금 내뱉는 말은 대충 생각나는 말을 입에 담은 것뿐이었다.

'틀린 말도 아니니까.'

소문을 퍼뜨린다는 계획이 성공할 수 있었던 이유는 일단 김시훈 파티가 남들과는 다른 차별점이 확실히 있었기 때문이었다. 실제 김시훈 파티는 그런 소문이 오히려 부족할 정도로 재능 있고, 눈에 띄는 파티였다.

"미리… 말씀해 주셨으면 안 됐나요?"

한설아는 조금 슬프다는 듯이 그를 바라보았다. 강우가 자기 자신에 대해서 숨기고 있는 것이 많다는 것은 그녀도 잘 알고 있었다.

'아마 이번 일만이 아닐 거야.'

그녀는 지금도 강우가 더욱 많은, 거대한 비밀을 품고 있을 거라고 직감했다. 어쩐지 바로 옆에 있는, 심지어 함께 살기도 하는 강우와 자신의 거리가 도저히 손을 뻗을 수 없을 정도로 멀다는 생각이 들었다. 쓸쓸한 감각이 그녀의 가슴속에 차올랐다.

"걱정시켜서 미안해."

"아……."

한설아의 입에서 짧은 탄성이 흘러나왔다. 조금의 변명도 없는 그의 사과에 도리어 죄책감까지 느껴졌다.

"아, 아니에요. 제가 뭐라고 강우 씨에게 그런 말을……. 강우 씨도 사정이 있으실 텐데."

"그래도 한 식구를 걱정시킨 건 사실이잖아. 앞으로 절대 이런 일 없을 거라는 말할 수는 없지만… 나도 되도록 노력할게."

"그, 그런! 노력이라뇨! 그, 그……."

한설아는 터질 듯이 붉어진 얼굴로 말끝을 흐렸다. 가슴이 두근거렸다. 입가에 힘을 주지 않으면 바보처럼 웃어버릴 것만 같았다. 그가 말해준 식구, 라는 단어가 그녀의 머릿속을 가득 채웠다.

"…고마워요."

기어들어 가는 듯한 목소리. 묘한 핑크빛 분위기가 둘 사이를 채웠다.

"강우, 이거 까줘."

에키드나가 뚱한 표정으로 그의 무릎 위에 앉아 병문안을 올 때 사온 귤을 그에게 내밀었다.

강우는 피식 웃으며 귤을 잡아들었다.

"형님, 그 악마교 놈들은 어떻게 됐소?"

"일단락이라고 해야 할까. 아직 우두머리로 보이는 놈은 못 잡았어."

"허……. 진짜 사람을 납치해서 막 제물로 바치고 그러는 거요?"

"너도 그놈들에게 당할 뻔했잖아."

"천인공노할 놈들!"

태수는 성난 표정으로 발을 굴렀다. 안 그래도 무섭게 생긴 태수가 표정을 일그러뜨리니 꿈에서 나올 법한 악귀의 얼굴이 되었다.

'너 사람 아니지.'

강우는 입 밖으로 나오려는 말을 다시 삼켰다.

"여하튼 앞으로 사냥을 나갈 때 주의를 기울여 줘. 언제 또 그놈들이 습격할지 알 수 없으니까."

"알겠습니다."

"자, 이거 하나씩 받고."

강우는 차연주에게 받아온 동그란 구슬 4개를 내밀었다.

"이게 뭐예요, 강우 오빠?"

"게이트 안에서 밖으로 연락할 수 있는 구슬이야. 위급하면 바로 연락해."

"감사합니다, 강우 씨."

김시훈은 그의 세세한 배려에 감동받았는지 손에 쥔 구슬을 힘 있게 움켜쥐었다.

"강우 씨, 한 가지 질문이 있습니다."

"제가 아는 거라면 대답해 드리겠습니다."

"…김영훈과 김재현은 어떻게 되었습니까?"

"둘 다 평생 감옥에서 썩을 겁니다."

"……."

"걱정하지 않으셔도 됩니다. 아무리 유전무죄라고는 해도 이번에 그들이 한 짓은 돈으로도 비벼볼 수 없는 짓이에요."

플레이어들을 납치해, 사이비 교단에 제물로 팔아버렸다. 물론 돈으로 증거인멸을 시도하겠지만, 그 정도도 대처하지 못할 강우가 아니었다.

'증거가 필요하면 억지로라도 만들어주지.'

강우는 충분히 그럴 수 있는 힘과 능력을 가지고 있었다.

"그리고 본의는 아니지만, 시훈 씨의 사정에 대해서도 좀 들었습니다."

"아……."

"김재현 측이 손을 써서 막대한 빚을 지게 만들었더라고요. 그 부분에 대해서도 충분한 배상을 받을 수 있도록 말해두겠습니다. 그리고 어머님께서 편찮으신 것 같은데 최고의 시설에서 치료받으실 수 있도록 도와드리겠습니다."

"강우 씨……."

김시훈은 큰 충격을 받은 듯 차마 말을 잇지 못했다. 곧 그의 몸이 가늘게 떨리고 한 줄기 눈물이 그의 뺨을 타고 흘러내렸다.

"가, 감사합니다. 정말 감사합니다. 정말……. 흐, 윽. 강우 씨는 제 은인입니다."

'그런 말 하시 마. 괜히 죄책감 들잖아.'

강우는 김시훈을 습격해 사역마로 만들어 버린 것을 떠올리며 어색한 미소를 지었다.

"강우 씨는… 정말 좋은 사람입니다."

'그만하라고.'

"제가 강우 씨를 만날 수 있었던 건 행운이었습니다."

'미안해, 내가 잘못했어. 지금 생각해 보면 사역마로까지 만든 건 좀 너무했던 것 같아.'

"앞으로 저도 태수 씨처럼 강우 씨를 형님으로 모시고 싶습니다."

'나한테 대체 왜 그러는 거야.'

죄책감에 불타 버릴 것만 같았다. 그가 아무리 계산적이고, 냉정하다고 하지만 모든 감정이 메마른 것은 아니었다.

'뭔가 엄청난 쓰레기가 된 기분이잖아.'

강우는 죄책감을 뒤로한 채 어색한 미소와 함께 고개를 끄덕였다.

"그렇게까지 말하면 나도 편하게 말을 놓을게."

"감사합니다, 형님."

김시훈은 활짝 웃으며 고개를 숙였다.

'너무 잘생겼잖아.'

같은 남자인 그도 순간 흠칫 몸을 떨 정도의 잘생김이었다.

"…그렇다면 저도 여러분께 숨기고 있던 사실을 하나 말하겠습니다."

김시훈은 그렇게 말하며 자신이 무신의 후예라는 것과 SSS급 특성을 개화했다는 사실을 파티원들에게 밝혔다.

"에, SSS급 특성."

"이, 이제까지 그런 등급의 특성을 1차에 각성한 사람은 없었잖아요."

"어쩐지 시훈 형씨도 보통이 아니라고 생각했더니만……."

강우는 이미 알고 있는 내용이었지만 함께 놀라는 척을 했다.

"어, 어떻게 하다가 무신의 후예로 각성하게 된 거요?"

"정확한 건 저도 잘 모르겠습니다. 다만 처음 플레이어 각성을 했을 때 좀 남들과는 다른… 시스템 메시지를 받기는 했어요."

"남들과는 다른 메시지?"

파티원들의 시선이 김시훈을 향했다. 강우도 처음 듣는 말에 흥미롭다는 듯이 눈을 빛냈다.

"가이아 시스템의 손상으로 인해 시스템을 보완할 '수호자'로 선택되었다는 메시지였어요."

"가이아 시스템……?"

"저도 그게 뭔지는 모릅니다. 다만 처음 플레이어로 각성했을 때 분명 그런 메시지가 뜬 건 확실합니다."

상우는 가늘게 눈을 떴다.

'설마 여기서 가이아 시스템이 나올 줄이야.'

차연주조차 한 번도 들어본 적 없다고 말했던 단어. 그것이 김시훈의 입을 통해 나올 것이라고는 예상치 못했다.

"시훈이 네가 플레이어로 각성한 날이 정확히 언제야?"

"그러니까… 5월 22일이네요."

"아, 그거 강우 씨랑 저랑 처음 만난 날 아닌가요?"

"……."

5월 22일. 강우가 지구로 귀환한 날짜였다.

'내가 귀환한 날, 김시훈이 플레이어로 각성했다.'

그 원인은 김시훈이 들었다는 메시지에서 어렵지 않게 유추할 수 있었다.

'가이아 시스템의 손상.'

자신이 지구로 귀환함으로써 가이아 시스템이라는 방어기제가 손상을 입었다는 것은 확실했다.

'그리고 그 손상을 보완하기 위해 등장한 게 수호자.'

어느 정도 아귀가 들어맞았다.

강우의 생각이 이어졌다.

'그렇다면 김시훈이 가이아 시스템을 복구할 수 있는 키 카드가 되는 건가?'

지금 단계에서는 알 수 없었다. 보완이라는 것이 최종적으로 손상을 복구한다는 의미인지 아니면 손상을 복구할 수단이 없기 때문에 역할을 대체한다는 것인지 확실하지 않았다.

'사실 내용만 보면 손상을 복구할 수 없어서 수호자라는 존재를 만들어 그 역할을 대체한다는 것 같은데.'

어느 쪽이라고 하더라도 김시훈의 존재가 그 손상된 시스템의 기능을 일부 대체할 수 있다는 사실은 확실했다.

'역시 김시훈을 만난 건 행운이었어.'

강우의 눈이 반짝였다. 김시훈은 그가 생각했던 것보다 훨씬 더 중요한 인물이라는 확신이 들었다.

'지금 관계도 좋고.'

이번 일로 인해 김시훈은 자신에게 큰 신뢰를 가지게 되었다. 이대로 착실히 성장해서 수호자의 역할을 제대로 수행할 수 있다면 처음 생각했던 것 이상의 전력이 되어줄 것이다.

'조금 죄책감이 들긴 하지만.'

그가 가이아 시스템의 선택을 받은 수호자였다는 것을 생각하니 역시 사역마로 만들어두길 잘했다는 생각이 들었다.

가이아 시스템이 지속적으로 약해지고 있는 이상 앞으로 어떤 변수와 사건이 벌어질지 알 수 없었다. 그를 막기 위해서는 철저한 대비와 사전 조사가 필요했다.

"그, 그렇다면 시훈 형씨가 세계를 지키는 영웅, 뭐, 이런 거요?"

"하하. 그렇게 직설적으로 들으니 좀 오글거리는 말이네요. 솔직히 저도 잘 모르겠습니다. 남들보다 좋은 특성을 초반에 가지게 된 건 맞지만 그건 차연주나 백강현 같은 플레이어도 마찬가지였으니까요."

"그래도 SSS급 특성이라니! 퍼스트레이디도 처음에는 S급 특성에서 시작했다는데 엄청 대단한 것 아니오?"

"아직 무신의 힘을 완전히 받아들이지 못해서 특성의 모든 힘을 낼 수는 없습니다. 아마… 지금 단계에서는 저도 초반에 S급 특성을 개화한 플레이어와 비슷하다고 생각합니다."

"그래도 대단한 건 대단한 거지!"

태수는 자기가 다 뿌듯하다는 듯 호탕한 웃음을 터뜨리며 김시훈의 어깨를 두드렸다.

김시훈은 희미한 미소를 지으며 고개를 저었다.

"그런 대단한 재능을 가지고도 김영훈에게 패배할 뻔했죠. 대단하다는 표현은 제게 어울리지 않습니다."

"흐흐. 하긴, 시훈 형씨도 대단하지만, 우리 형님이 더 대단하지!"

태수가 호들갑을 떨며 말했다.

강우는 피식 웃음을 흘리며 자리에서 일어섰다.

"그럼 앞으로도 파티를 잘 부탁해. 필요한 것 있으면 연락하고."

"형님께 도움이 될 수 있도록 최선을 다하겠습니다."

강한 의지가 느껴지는 목소리. 강우는 만족스러운 표정으로 고개를 끄덕였다.

그의 삶을 억압하고 있던 짐이 사라진 지금 향상심을 불태울 새로운 목표가 생겼다는 것은 좋은 일이었다.

"그래도 몸이 완전히 나을 때까지는 좀 쉬고 있어."

"…알겠습니다."

"그럼 더 이상 휴식을 방해하는 것도 그러니 이만 가볼게."

강우는 몸을 돌렸다. 김시훈은 그가 몸을 돌리자 순간적으로 아쉽다는 표정을 지었다.

"벌써… 가시는 겁니까?"

"어? 응. 이제 가봐야지."

강우는 당황스러운 표정을 지었다. 마치 자신을 보내고 싶지 않다는 듯한 말투.

'뭐야, 이 새끼.'

그와의 관계가 좋은 정도를 넘어선 것 같다는 생각이 일순 그의 머릿속을 스쳐 지나갔다.

'설마.'

강우는 상상하기도 싫다는 듯이 고개를 저었다. 영혼이 종속된 관계다 보니 사역마가 주인에게 호감을 느끼는 경우는 드물지 않았다. 본능적으로 주인에게 이끌리는 것이다.

'제발.'

그의 눈빛에 절박함이 서렸다. 적어도 그것이 김시훈은 아니라고 믿고 싶었다.

강우는 뒤도 돌아보지 않고 병실 밖으로 나왔다.

병문안을 갔다 온 이후 강우는 바쁘게 움직였다. 차연주, 백화연과 함께 차후에 대한 대책을 세우는 것은 물론 김시훈에게 약속했던 것이 모두 제대로 처리될 수 있도록 철저하게 확인했다. 또한, 플레이어 전용 특수 감옥에 수감되어 있는 김재현을 찾아가 악마교에 관한 정보를 다시 한번 정리했고 김영훈을 인질로 삼아 그가 허튼짓을 할 수 없도록 단단히 못을 박았다.

그와 동시에 6차 각성을 하며 다시 한번 늘어난 마기를 체크한 후, 어느 정도의 권능을 사용할 수 있는지도 미리 확인해 두었다.

'지치는군.'

강우는 지난 며칠간의 일을 떠올리며 한숨을 내쉬었다. 몸이 하나인 것이 원망스러울 정도로 바쁜 시간이었다.

'아직 분신(分身)의 권능을 쓸 수 있는 것도 아니고.'

자신과 완전히 같은 의식을 공유하는 또 다른 육체를 만들어내는 권능. 6차 각성을 달성한 지금도 사용하기 힘들 정도로 마기가 많이 필요한 권능이었다.

"이렇게 해도 아직 해야 할 일이 많이 남아 있다는 게 더 문제지만."

강우는 한숨을 내쉬며 상태창을 열었다.

59레벨을 달성한 자신에게 다른 플레이어들과 마찬가지로 레벨 업 제한이 있는지 없는지도 확인해야 했고 극마지체를 이루기 위한 남은 두 개의 조건도 알아내야 했다.

하지만 그런 일들을 시도조차 하지 못할 정도로 바쁜 일정이 꽉꽉 잡혀 있던 탓에 정신없는 나날을 보내야 했다.

'그것도 이제 끝이다.'

며칠 바쁘게 움직인 덕에 급한 일들은 대강 처리할 수 있었다. 이제는 오늘 있을 일만 끝내면 어느 정도 여유가 생길 것이다.

"강우 씨, 이삿짐 준비 끝났어요."

"어머님은?"

"아직 정리할 게 남아 있다고 먼저 가 있으라고 하셨어요. 나중에 택시 타고 오신대요."

"흐음."

강우는 고개를 끄덕이고 내부가 말끔히 비워진 20평 집을 바라보았다. 그가 지구로 귀환한 이후 한설아와 함께 살았던

심이었다.

'따로 생각할 시간이 필요하겠지.'

그야 이 집에서 살았다고 해도 2개월이 될까 말까 할 정도다. 하지만 한설아의 어머니, 김미정은 20년에 가까운 세월을 이곳에서 보냈다. 정리할 건 물건만이 아닐 것이다.

"그럼 먼저 가 있자."

강우는 차에 올라타며 말했다. 한설아가 조수석에 탔고, 그의 무릎 위에 에키드나가 올라탔다.

"……."

"왜 그래, 강우?"

강우는 아무 말 없이 무릎 위에 앉은 에키드나의 몸을 들어 뒷좌석으로 옮겼다.

"요즘 강우가 차가워졌어……."

그녀는 시무룩한 표정으로 고개를 숙였다.

강우는 피식 웃음을 흘리며 서울역으로 차를 운전했다.

"…정말 이래도 되는 걸까요?"

"뭐가?"

"가, 강우 씨가 구하신 집이잖아요. 거기에 저희 가족까지 함께 가다니……."

"신경 쓰지 말라고 했잖아. 나도 그 넓은 집에 혼자 살기는 싫다고."

"그, 그래도."

"그리고 어차피 내 돈으로 구한 집도 아니야. 레드로즈 길드에서 마련해 준 집이지."

"차연주 씨가요?"

"응. 그런 조건이었거든."

"으으."

한설아는 분하다는 듯이 주먹을 움켜쥐었다.

서울역 근처에 있는 50평대의 집. 플레이어 관리소와 함께 각종 길드의 길드하우스가 들어오면서 서울역 근처의 땅값은 미친 듯이 치솟았다. 50평대의 집이면 20억은 가볍게 넘을 것이 분명했다. 그런 비싼 집을 아무렇지도 않게 강우에게 제공해 줄 수 있는 차연주의 능력이 너무도 부러웠다.

'두 사람 되게 친해 보였는데⋯⋯.'

한설아는 초조한 표정으로 입술을 깨물었다.

'그리고 이번에 이사하는 집도 차연주 씨 집 바로 근처라고 하고.'

강우와 차연주가 같이 있는 모습을 상상하니 머릿속이 복잡해졌다.

"하아."

깊은 한숨이 흘러나왔다. 막상 이렇게 되니 자신과 차연주 사이에 있는 아득한 격차가 그녀의 어깨를 짓눌렀다.

무거운 침묵이 차 안에 내려앉았다.

그 침묵을 깨며, 에키드나가 입을 열었다.

"강우, 내일은 뭐 해?"

"내일? 글쎄……."

정신없이 바빴던 이전과 달리 내일은 아무런 일정이 잡혀 있지 않았다.

"…내일도 많이 바빠?"

에키드나는 조심스러운 목소리로 물었다. 강우와 함께 놀고는 싶지만, 부담을 주기 싫다는 듯한 모습. 마치 일에 치여 사는 아버지에게 조심스럽게 휴일을 물어보는 아이와 같은 모습이었다.

강우는 피식 미소를 지었다. 에키드나의 이런 조심스러움이 굉장히 귀엽게 느껴졌다.

'하루 정도 쉬는 것도 나쁘지 않겠지.'

지구에 온 이후 휴일이라고 할 수 있는 날은 손으로 꼽는 게 민망해질 정도로 적었다. 앞으로 더욱 바빠질 나날들을 생각하면 재정비의 시간을 갖는 것도 나쁘지 않다는 생각이 들었다.

"내일은 아무 일 없어."

"아! 그, 그럼……."

"전에 같이 어딘가 놀러 가고 싶다고 했었지? 내일 가자."

"흐웅! 흐웅! 난 강우랑 함께라면 어디든 좋아!"

에키드나는 기대에 찬 눈빛으로 콧바람을 뿜었다. 둘이서 놀러 갈 생각을 하는 것만으로도 짜릿한 흥분이 느껴졌다.

"아……."

둘의 대화를 듣고 있던 한설아의 입에서 짧은 탄성이 흘러나왔다. 차연주도 모자라 뒤늦게 연적(?)으로 합류한 에키드나와도 격차가 벌어지는 듯한 기분이 들었다.

'내가 강우 씨를 가장 먼저 만났는데.'

한설아는 뭔가 뒤처지는 듯한 기분에 초조함을 느꼈다.

"그, 그렇다면 저도 같이 갈래요!"

"응? 내일은 하루 종일 짐 정리를 한다고 하지 않았어?"

"짐 정리는 언제 해도 괜찮으니까요! 저, 저도 같이 가고 싶어요!"

한설아는 다급한 목소리로 대답했다.

"그러면 설아도 같이 가자."

강우는 흔쾌히 고개를 끄덕였다.

"으……."

에키드나는 입술을 삐쭉 내밀며 갑작스럽게 끼어든 불청객을 노려보았다. 마치 다 된 밥 위에 뿌려진 재를 본 듯한 표정.

"하, 하하."

한설아는 에키드나의 따가운 시선을 느끼며 어색한 웃음을 흘렸다. 그녀도 강우와 단둘이 있고 싶은 에키드나의 마음을 알고 있었지만 어쩔 수 없었다.

'사, 사랑은 쟁취하는 거니까.'

그를 위해서라면 밥 위에 뿌려진 재라도 될 수 있었다.

"강우, 어서 일어나."

다음 날. 강우는 아침 일찍부터 자신을 흔들어 깨우는 에키드나에게 이끌려 눈을 떴다.

간단한 아침 식사를 마친 강우는 에키드나, 한설아와 함께 밖으로 나섰다. 두 여인을 데려온 곳은 목동 영등포에 위치한 거대 백화점. 처음에는 서로를 경계하던 두 여인이었으나, 어느새 눈을 반짝이며 옷을 고르기 시작했다.

'생각보다 사이좋네.'

에키드나가 워낙 낯가림이 심한 성격이라 한설아를 경계할 거라고 생각했었다. 실제로 어젯밤 이삿짐을 풀 때까지만 하더라도 그녀는 뾰로통한 얼굴로 한설아를 노려보고는 했으니까. 하지만 막상 함께 나오니 두 사람은 친한 자매라도 된 것처럼 함께 얘기를 나누며 백화점을 둘러보고 있었다.

'이게 여자의 힘인가.'

강우의 입장에서는 다 비슷비슷해 보이는 옷을 고르는 것이 뭐가 재밌는지 이해할 수 없었다.

"어머, 이 옷 봐봐. 에키드나에게 잘 어울릴 것 같은데."

"…강우가 좋아할까?"

"헤헤, 물론이지."

"그럼 입어 볼래."

한설아는 이곳저곳을 돌아다니며 여동생의 옷을 골라주기라도 하는 것처럼 에키드나의 옷을 골랐다. 에키드나도 옷을 고르는 것에 흥미가 생겼는지 연신 눈을 빛내며 그녀의 뒤를 졸졸 따라다녔다.

'두 사람이 좋아하면 그걸로 됐지.'

그에 대한 의존증이 심한 에키드나에게 있어 새로운 친분이 생기는 것은 나쁘지 않았다. 지나친 의존은 스스로의 판단을 무디게 만드니까.

"강우 씨, 잠깐 여기 좀 와보세요."

"강우, 잘 어울려?"

고개를 돌리자 긴장된 표정으로 이쪽을 바라보는 에키드나의 모습이 보였다. 무릎 살짝 위까지 올라오는 체크무늬 스커트에 베이지색 재킷을 입은 에키드나의 모습은 깜짝 놀랄 만큼 귀여웠다.

'교복을 입은 것 같네.'

실제 나이야 어떻든 외모가 무척이나 어린 탓에 교복을 입은 것처럼 보였다.

"잘 어울려."

"흐응! 흐응!"

그의 대답에 에키드나는 뺨을 붉힌 채 콧바람을 내뿜었다. 그녀는 한설아를 초롱초롱한 눈빛으로 올려다보았다.

"나 이거 가지고 싶어."

"후훗. 알았어, 내가 사줄게."

"고마워. 설아, 좋은 사람이었구나."

옷 한 벌에 너무도 쉽게 넘어가는 에키드나. 그녀는 배시시 미소를 지으며 한설아의 옷깃을 살짝 움켜쥐었다.

"하아아! 너무 귀엽잖아요!"

"…설아, 숨 막혀."

한설아는 에키드나를 끌어안으며 그녀의 머리에 뺨을 비볐고 강우는 두 사람의 모습에 흡족한 미소를 지었다.

'나오길 잘했어.'

활짝 웃고 있는 두 사람의 모습을 보니 절로 미소가 지어졌다.

계산을 마치고 나온 한설아와 에키드나는 그의 양팔에 각각 달라붙어 그를 끌어당겼다. 말 그대로 양손의 꽃. 시기와 질투에 찬 시선들이 느껴졌다. 강우는 승자의 미소를 지으며 그녀들의 뒤를 따랐다.

'이게 인생이지.'

뇌까지 근육으로 차 있는 전투광 악마들 사이에서 버텨왔
던 나날들. 꿈에서 나올까 두려웠던 촉수 괴물에게 시달렸던
나날들. 그 모든 고통과 후회의 삶들이 바로 이 순간을 위해
있지 않았나 하는 생각이 들 정도였다.

그렇게 1시간.

"에키드나, 이 옷은 어때?"

"설아, 잘 어울려."

'음음. 아주 좋아. 더 친해진 것 같네.'

그렇게 2시간.

"호호. 강우 씨! 이거 한번 입어보세요!"

"강우, 멋져."

'음.'

그렇게 3시간.

"강우, 강우. 2층으로 다시 내려가자. 그쪽이 더 좋았던 것
같아."

"아, 저도 한 시간 전에 갔던 곳에 다시 가보려고요."

'뭐지?'

그렇게 4시간.

"아, 역시 처음에 봤던 곳으로 돌아가야겠네요."

"응응. 거기가 더 좋았던 것 같아."

'왜 안 끝나는 거지?'

장장 4시간을 돌아다녀도 끝나지 않는 쇼핑. 강우는 아연한 표정으로 그녀들을 바라보았다. 모든 가게를 둘러보는 것이 문제가 아니었다. 중간에 마음이 바뀌면 이미 샅샅이 뒤졌던 가게를 다시 들어가 물건을 살폈다.

'이 가게만 4번째 오고 있어.'

강우는 창백해진 표정을 지었다. 점점 핼쑥해지고 있는 그와 달리 두 여인은 쉬지 않고 옷을 둘러보고 있었다. 원기의 권능을 사용하기라도 한 것 같은 무한한 체력. 영원히 끝나지 않을 것 같은 뫼비우스의 띠에 갇힌 것만 같았다.

'이게 인생인가?'

고작 몇 시간 돌아다녔다고 해서 육체적으로 지친 것은 아니었다. 하지만 의미도 없어 보이는 같은 행동을 계속 반복하다 보니 정신적으로 지치기 시작했다.

'휴일이 맞긴 하나?'

본격적으로 바빠지기 전에 휴식을 취하려고 온 백화점이었다. 하지만 휴식은커녕 오히려 전투 이상으로 기가 빨리고 있는 기분이었다.

한계에 가까워진 정신이 비명을 지르려고 할 때.

"그럼 적당히 둘러봤으니 좀 쉴까요?"

"적당히… 둘러봤다고?"

"후훗. 오후에는 옷 말고 다른 곳을 둘러보기로 해요."

"……."

청천벽력 같은 말. 강우의 표정이 한층 더 창백해졌다.

"강우, 나 배고파."

"아참. 그러고 보니 점심시간이 훌쩍 지났네요. 푸드 코트에 가서 간단하게 식사라도 할까요?"

"푸드 코트?"

강우는 고개를 갸웃거렸다. 그의 반응에 오히려 놀란 것은 한설아였다.

"혹시 푸드 코트를 모르시나요?"

"응. 들어본 적 없는데."

과거 지구에 있던 시절 푸드 코트는커녕 백화점조차 이용해 보지 못했던 강우였다.

한설아는 난처하다는 표정을 지었다.

"음……. 여러 음식점이 한곳에 모여 있는 장소예요. 메뉴도 다양하게 주문할 수 있고, 가격도 그리 비싸지 않아요."

"호오."

강우는 눈을 반짝였다. 식사는 그가 지구로 귀환한 이후 가장 즐기고 있는 유흥이었다.

"한번 가보자."

지쳐 있던 강우의 표정에 활기가 돌기 시작했다. 그는 기대감에 찬 눈으로 푸드 코트로 향했다.

그리고 펼쳐진 충격적인 광경.

"이, 이거 전부 여기서 시킬 수 있는 거야……?"

"네. 저기서 원하는 번호를 말하고 식권을 받으면 돼요."

"허……."

강우는 백 가지가 넘어 보이는 메뉴의 향연을 바라보며 전율에 몸을 떨었다.

'천국인가?'

김치찌개만 해도 참치, 햄, 고기로 3종류나 있었다. 이곳이 천국이 아니라면 어디가 천국이란 말인가.

"세상에 이런 곳이 있었다니……."

사냥과 성장에 미처 이런 장소를 놓치고 있었다는 사실이 뒤늦게 후회됐다.

'가장 중요한 걸 잊고 있었어.'

애초에 그가 아득바득 지구로 돌아온 이유가 무엇인가. 실컷 먹고, 놀기 위해서가 아니었던가. 욕망이 끓어오르는 것이 느껴졌다.

단순한 욕망이 아니었다. 악마의 신체로 인해 증폭된 욕망. 이성이 욕망에 갇아 먹히는 감각이 느껴졌다.

"강우, 뭘 먹으련 돼?"

"전부."

"전부?"

강우는 카운터로 걸어가 진지한 목소리로 입을 열었다.

"1번부터 168번까지 모두 주십쇼. 아, 저기 67, 68, 69번은 10개씩 주세요."

10개씩 주문한 메뉴는 당연히 김치찌개였다.

"가, 강우 씨! 진정하세요!"

이성을 잃은 강우에게 한설아가 다급히 달려갔다.

"왜?"

"그렇게 많이 먹을 순 없잖아요."

"남으면 다 싸 가면 되지."

"다 먹기도 전에 상해 버릴 거예요."

"괜찮아. 상하지 않게 할 수 있으니까."

부패의 권능을 역으로 이용하면 음식을 상하지 않게 보관할 수 있었다.

한설아는 진지한 강우의 태도에 빠르게 머리를 굴렸다.

"푸드 코트는 메뉴가 다양할 뿐 그렇게까지 밋있는 요리는 없어요. 차라리 제가 직접 만들어 드릴게요. 여기서는 먹을 만큼만 드시는 게 좋아요."

"음. 맛이 없다면 뭐……."

맛이 없다는 말에 타오르던 욕망이 빠르게 꺼져갔다.

강우는 아쉽다는 듯이 김치찌개 3종류와 피자, 치킨, 탕수육을 주문했다. 그것만 해도 상당한 양이었지만 전 메뉴를 다 시키려고 했던 처음에 비하면 납득할 수 있는 수준이었다.

"나도 강우가 먹는 거로 먹을래."

에키드나는 눈을 빛내며 강우와 똑같은 메뉴를 시켰다.

한설아는 말리려고 했지만, 초롱초롱 빛나는 에키드나의 눈을 보고는 이내 말리는 것을 포기했다.

"…전 우동으로 할게요."

구매한 식권으로 음식을 주문하자 얼마 지나지 않아 진동벨이 울렸다. 강우와 에키드나가 주문한 음식을 가져오는 것만으로도 4인용 테이블이 가득 차 옆 테이블을 붙여야 했다.

"그럼 먹어볼까."

강우는 눈을 빛내며 삼겹살이 든 김치찌개를 한 입 머금었다.

"흠."

한설아의 말대로, 그녀가 해주는 김치찌개에 비해서 상당히 격이 떨어지는 김치찌개였다.

'하지만.'

강우의 눈이 반짝였다. 맛에서 떨어진다면 다양성이었다.

지옥에서 있던 시절에는 꿈꿔볼 수도 없었던 다양한 음식의 조합들. 그것을 실현시킬 수 있는 소중한 기회였다.

강우는 테이블 위에 있는 피자를 향해 고개를 돌렸다. 그는 피자 조각을 들어 김치찌개 위에 올렸다.

"…강우 씨?"

한설아의 입에서 아연한 목소리가 흘러나왔다.

강우는 피자 조각과 함께 김치찌개를 흡입했다. 피자만이 아니었다. 함께 시킨 탕수육과 치킨까지 김치찌개에 섞어 함께 먹기 시작했다.

"후루룩! 오, 이거 생각보다 맛있네."

싱글벙글 웃으며 피자와 탕수육, 치킨이 들어간 김치찌개를 먹는 강우의 모습. 에키드나는 고개를 갸웃거리며 한설아에게 물었다.

"원래 저렇게 다 섞어 먹는 거야?"

"…아니."

"강우는 섞어 먹잖아."

"그건 강우 씨가……."

'이상한 거야.'

그녀는 입 밖으로 나오려는 말을 긴신히 삼키며 일심히 김 치찌개를 먹고 있는 강우를 바라보았다.

그때였다.

드르륵!

"하! 이 형씨가 뭘 좀 먹을 줄 아네! 그라지! 자고로 찌개는 스까 묵어야 제맛이지!"

갑작스럽게 다가온 사내가 구수한 사투리를 내뱉으며 낄낄 웃었다. 그러더니 허락도 구하지 않은 채 강우의 앞자리에 앉았다.

강우는 김치찌개를 먹던 것을 멈추고 눈앞의 사내를 노려보았다. 한물간 알로하셔츠에 금목걸이. 근육질의 다부진 몸에 피부는 건강한 구릿빛으로 빛나고 있었다. 키가 좀 작은 태수를 눈앞에 둔 기분.

"…넌 또 뭐야."

강우는 짜증 섞인 목소리로 물었다.

사내는 씨익 입가를 비틀며 말을 이었다.

"내는 한울 길드의 백강현이라 하는디. 들어본 적 있소?"

"……"

강우의 표정이 딱딱하게 굳었다.

백강현. 그 이름을 한국에서 모르는 이는 아마 존재하지 않을 것이다.

"형씨가 레드로즈 길드의 루키 맞제?"

백강현은 낄낄 웃음을 터뜨리며 말을 이었다.

"내 형씨에게 제안할 게 있어."

"제안?"

"500억을 주겠쇼. 장비도 모두 유니크 등급으로 지급하지. 차도, 집도 지금과는 비교 안 되는 끼리한 걸로 바꿔주겠쇼. 우리 길드에 들어오쇼. 내 간부 자리 하나 마련해 주겠으니께."

500억이라는 터무니없는 금액과 조건들에 한설아의 입이 쩍 벌어졌다. 하지만 강우의 표정에는 조금의 동요도 나타나지 않았다.

강우는 피식 웃음을 흘리며 의자 등받이에 등을 기댔다. 그러고는 느긋한 표정으로 입을 열었다.

"너무 적은데?"

◆ 8장 ◆

전설 등급 장비(1)

"호오."

백강현의 눈이 반짝였다.

그는 느긋한 표정을 짓고 있는 강우를 바라보았다. 허세가 아니었다. 정말로 자신이 내건 조건들이 부족하다고 생각하는 듯했다.

"흐흐흐. 이거 재미있는 형씨로구만."

그는 즐겁다는 듯이 웃음을 흘렸다.

"더 할 말 없으면 그만 가보시지?"

건방지기 짝이 없는 말투. 명실상부 한국 최고의 랭커라고 할 수 있는 백강현의 앞에서 취할 만한 태도가 아니었다.

"하하하하!!"

백강현은 폭소를 터뜨렸다. 자신에게 이런 건방진 태도를 취하는 존재를 얼마 만에 만나는 건지 알 수 없었다.

"마음에 드는 형씨구만. 그럼 형씨가 생각하는 만족스러운 조건이 뭐요?"

"흐음."

강우는 가늘게 눈을 뜨며 백강현을 바라보았다. 겉으로는 느긋한 태도를 취하고 있었지만, 그의 머리는 지금 빠른 속도로 굴러가고 있었다.

'백강현이라.'

질리도록 들은 이름이었다.

세계 최고라고 하는 월드 랭커의 반열에는 들지 못했지만 적어도 국내에서는 상대할 자가 없다고 알려진 괴물. 그 차연주조차도 한 수 접어주는 플레이어였다.

'설마 이런 성격일 줄은 몰랐는데.'

고독한 무인 스타일이라고 막연히 생각했는데 막상 만나보니 전혀 달랐다. 국내 1위 플레이어 대한 묘한 환상이 철저하게 박살 나는 순간.

'지금 타이밍에 나타났다면 소문을 들은 건가.'

이번에 있었던 악마교와의 사건. 그 사건에서 조용히 묻어 가기에는 강우의 활약이 너무 컸다. 백화연이 경고했듯, 어느 정도의 소문은 감수해야 할 일이었다.

'그래도 설마 본인이 직접 올 줄이야.'

뜻밖이라면 뜻밖의 일이었다.

'차연주도 그렇고 백강현도 두 발로 뛰는 타입이구만.'

강우는 백강현을 물끄러미 바라보다가 이내 입을 열었다.

"미안하지만 어떤 조건을 내걸어도 길드에 들어갈 생각은 없어."

고민할 필요도 없는 일이었다.

그는 지금 레드로즈, 화랑부대와의 동맹 관계에 만족하고 있었다. 그 관계에서 가장 만족하는 것은 바로 자신이 그들의 명령을 따를 필요가 없는, 동등한 위치에 있다는 사실이었다. 하지만 길드에 들어가게 된다면 상황이 애매해진다. 어쩔 수 없이 자신의 '위'가 생겨 버리고 말 것이다.

'그럴 수는 없지.'

아무리 자유를 보장한다고 하더라도 누군가의 아래에 있는 것은 그의 성격이 아니었다.

'그럴 필요도 없고.'

차연주에게 제안을 받았을 당시와는 상황이 달랐다. 이미 강우는 다른 누군가의 지원이 필요 없을 정도로 강해져 있었으니까.

"흐응. 어떤 조건이라도?"

"돈도, 차도, 집도 지금 정도면 충분해. 내가 원하는 건 고작 그런 것이 아니거든."

"흐흐. 그럼 원하는 게 대체 뭐요?"

"글쎄. 그건 네가 스스로 생각해 봐."

"하하하! 좋군! 이 백강현에게 그래 대할 수 있는 사람은 정말 오랜만에 만나는 것 같쇼!"

백강현은 연신 고개를 끄덕이며 호탕한 웃음을 터뜨렸다.

"그럼 이건 어떻쇼? 이쪽으로 오면 전설 등급 장비를 하나 주지."

"……."

강우의 눈빛에 순간적으로 망설임이 생겨났다.

그것을 놓치지 않은 백강현이 씨익 미소를 지었다.

"그건 좀 관심이 있는 것 같군."

"흠……. 부정하지 않겠어."

전설 등급 장비. 아무리 막대한 돈이 있어도 구하기가 하늘의 별 따기라고 하는 장비였다.

일단 절대적으로 물량이 부족했다. 일반적으로 '플레이어용 장비'는 생산 특성을 가지고 있는 플레이어들과 현대 무기 관련 과학자들이 힘을 모아 만들었다. 그 장비에 들어가는 재료는 당연히 몬스터의 사체와 마석들.

하지만 전설 등급 이상의 장비들부터는 S급 게이트 이상에서 등장하는 보스 몬스터들에게서만 채집이 가능한 재료가 필요했기 때문에 거의 만드는 것이 불가능했다.

'막상 그 재료도 나올 때가 있고 아닐 때가 있다니까.'

그리고 그 이상으로 중요한 것은 바로 '각인'의 문제였다.

전설 등급 이상 장비부터는 한 번 착용하면 착용자와 각인 의식이 이루어진다. 즉, 다른 사람이 사용할 수 없다는 의미였다. 거기에 더해서 각인 의식에 필요한 조건이 있는 경우도 허다하기 때문에 어렵게 구한다고 해도 사용하지 못하는 경우도 드물지 않았다.

'이건 좀 끌리는데.'

유니크 등급 장비만 하더라도 꽤나 만족스러운 성능이었다. 그런데 그걸 넘어선 전설 등급이라니.

'차연주가 쓰는 쇠사슬도 전설 등급이라고 했던가.'

차연주 본인이 강한 것도 있겠지만, 에너지 드레인이 패시브로 달려 있는 쇠사슬의 힘도 그 강함에 포함되어 있었다.

그리고 무엇보다 전설 등급 이상 아이템부터는 스탯을 절대치로 올려주는 경우가 많다고 들었다.

'마기를 올려주는 전설 등급 장비는 없겠지만.'

솔깃한 마음이 드는 것은 사실.

"거절하지."

오래 고민을 이어가던 강우가 이내 고개를 저었다.

달콤한 제안인 것은 맞았다. 하지만 아무리 달콤하다고 하더라도 자신이 누군가의 아래로 들어갈 만한 이유는 되지 않았다.

"흐흐. 형씨라면 그럴 줄 알았쇼."

백강현은 사람 좋은 미소를 짓더니 이내 자리에서 일어섰다.

"여기 내 연락처요. 맘 바뀌면 연락 주쇼."

"그렇게 하지."

"식사 방해해서 미안했쇼. 아, 그리고 진짜 스까 묵을라면 요것도 같이 넣어 묵어야지."

백강현은 우동 옆에 있는 깍두기 그릇을 집어 김치찌개에 부었다.

"이게 바로 맛이란 거요!"

"…김치찌개에 김치를 넣는 게?"

"에잉, 뭘 또 모르시네. 식감이 다르잖소, 식감이!"

"뭐, 먹어보도록 하지."

강우는 피식 웃음을 흘리며 깍두기까지 섞인 김치찌개를 먹기 시작했다. 더 이상 김치찌개라기보다는 음식물 쓰레기에 가까운 무언가가 돼버린 그것.

한설아는 눈 뜨고 볼 수 없다는 듯이 김치찌개에서 시선을 돌렸다.

"강우, 맛있어?"

"그럼."

후르륵!

강우는 말끔하게 김치찌개를 비운 후 자리에서 일어섰다.

"그럼 가볼까?"

"강우 씨 괜찮으신가요? 그 제안을 거절하셔도……."

"왜, 500억이 아까워?"

"아, 아뇨! 그런 건 아니에요. 어차피 제 돈도 아닌 걸요. 그럴 사람으로 보이지는 않지만, 혹시 보복을 하거나 그럴까 봐요."

"만약 그렇게 한다면……."

강우는 웃었다.

"후회하게 만들어주면 되지."

그것도 아주 철저하게.

그 뒤로 백화점 안을 한 바퀴 더 돌아본 강우는 주차창으로 향했다.

"하아~ 오늘 재미있었어요!"

"응. 강우가 칭찬해 준 옷을 잔뜩 사서 좋았어."

두 여인은 오늘 하루가 만족스러웠다는 듯이 활짝 미소를 지었다.

"다행이네."

강우는 살짝 지친 표정으로 말했다.

하루 종일 백화점을 돌아다니며 정신력 소모가 크긴 했지만 나쁜 기분은 아니었다. 특히 에키드나와 한설아의 사이가 좋아진 것은 뜻밖의 수확이라고 할 수 있었다.

"그럼 차를 끌고 올 테니까 여기서 기다리고 있어."

"네, 강우 씨."

강우는 에키드나와 한설아에게서 쇼핑백을 받아든 후 차로 향했다. 이번에는 조수석에 에키드나가 앉았다.

강우는 처음보다 훨씬 익숙해진 운전 실력으로 백화점을 빠져나갔다.

"그나저나 좀 아쉽긴 하네요."

"응? 뭐가?"

"전설 등급 장비요. 강우 씨도 아까 솔깃하셨잖아요."

"아, 그건 좀 아쉽긴 하지."

강우는 쯧 하고 혀를 찼다. 자꾸만 머릿속에 전설 등급 장비에 대한 미련이 남았다.

"후훗. 그래도 강우 씨가 제안을 거절해서 다행이에요."

"다행이라고?"

"예. 뭔가… 좀 불안한 느낌이 드는 사람이었거든요."

"흠."

강우는 백강현을 떠올렸다. 서글서글한 인상에 구수한 사투리. 불안한 느낌과는 거리가 먼 인간이었다.

'그래도 여자의 감이라는 게 있으니까.'

나중에 차연주에게 백강현에 대해서 물어봐야겠다는 생각이 들었다.

"어차피 누군가 아래로 들어가는 건 내 성격이 아니라서."

"후훗. 그건 그래요. 강우 씨가 다른 사람의 명령을 듣는 건 잘 상상이 안 가는 걸요."

"강우, 다른 사람의 명령은 들으면 안 돼."

에키드나가 불안한 표정으로 그의 옷깃을 잡았다. 그녀의 안에서 강우는 신적인 존재였다. 다른 누군가의 명령을 그가 따른다는 것을 상상하기도 싫을 것이다.

"걱정하지 마. 그럴 일 없으니까."

강우는 그렇게 말하며 핸들을 꺾었다. 차 안에 고요한 침묵이 내려앉았다. 에키드나와 한설아도 백화점을 돌아다닌 피로가 몰려왔는지 말이 없었다.

'전설 등급 장비……'

조용해지자 떠오르는 건 당연히 전설 장비에 대한 미련.

'이게 눈앞에 있다가 놓치는 것 같으니 더 아쉽네.'

차연주에게 부탁해 볼까도 생각했지만, 전설 등급 장비의 값어치에 대해서는 그도 잘 알고 있었다. 아무리 그녀라고 해도 쉽게 구해다 줄 수는 없으리라.

우우웅. 우우웅.

"응?"

그때, 주머니에 넣어둔 스마트폰이 진동했다. 강우는 거치대에 스마트폰을 올리고 이어폰을 귀에 꽂았다.

"여보세요."

[백화연이다. 통화 가능한가?]

"운전 중이기는 하지만… 무슨 일인데요?"

[지금 바로 화랑부대 본부 쪽으로 와줄 수 없나 해서 전화했다.]

"지금요?"

화랑부대 본부라면 S급 게이트가 있는 수원에 있었다. 서울역과 그렇게 멀지는 않지만, 가깝다고도 할 수 없는 거리.

[그렇다. 자네에게 나쁜 일은 아닐 거야.]

백화연의 목소리가 살짝 들떠 있는 것이 느껴졌다. 강우는 고개를 갸웃거렸다.

"무슨 일인데 그렇게 들떠 계십니까."

[국가에서 자네에게 지급할 보상이 정해졌다. 본부에서 바로 받을 수 있으니 와줬으면 한다.]

"호오."

그러고 보니 전에 국가 차원에서 보상이 지급될 거라고 말했다.

"보상이 뭔데요?"

[후훗. 내가 자네의 공훈에 대한 정당한 대가를 주기 위해 얼마나 노력했는지 알아줬으면 좋겠군.]

백화연답지 않은 말투. 그녀가 이 정도로 말할 정도면 과연 보상이 무엇일지 더욱 궁금해졌다.

"정당한 대가인지는 들어보고 판단하죠."

[하하하! 아마 자네도 만족할 거야. 이번에 자네의 공훈에 대한 보상으로 미르 길드가 보유하고 있던 전설 등급 장비가 주어질 거다.]

"……."

강우의 눈이 반짝였다.

못내 아쉬움이 남아 있던 전설 등급의 장비. 그 아쉬움을 마저 털어내기도 전에 호박이 넝쿨째 굴러들어 왔다. 손이 닿지 않는 가려운 부분을 시원하게 긁어주는 듯한 감각.

자연스럽게 강우의 입가가 올라갔다.

'역시 사람은 착하게 살아야 해.'

평소 올바른 행실에 대한 보답을 받은 기분이었다.

"그럼 다녀오세요, 강우 씨."

"강우 빨리 올 거지?"

"물건만 받고 오는 거니까. 얼마 걸리지는 않을 거야."

새로 이사한 아파트의 앞. 한설아와 에키드나를 데려다준 강우는 바로 수원역으로 향하려고 했다. 그때였다.

"아, 이제 왔네. 화연이한테 연락 들었어. 지금 화랑부대 본부 가는 거지? 나도 볼일 있으니까 같이 가자."

아파트 입구에 앉아 있던 차연주가 걸어왔다. 자연스럽게 다가온 그녀는 조수석의 문을 열었다.

"다, 당신은⋯⋯."

"아, 전에 만난 애구나. 분명⋯ 강우와 동거를 하고 있다고 했었지?"

"그, 그래요. 강우 씨하고 전 같이 살아요."

차연주는 가늘게 눈을 떴다. 그녀는 강우와 한설아를 번갈아 보더니 은근한 목소리로 물었다.

"이런 이상한 놈이랑 같이 사는 거 힘들지 않아? 네가 원하면 이 근처에 다른 집 하나 구해줄게. 그것도 네 명의로."

"괜찮아요. 저는 강우 씨랑 같이 사는 게 좋은 걸요."

"⋯그래?"

차연주는 어딘가 실망했다는 눈빛으로 고개를 돌렸다.

그녀는 조수석에 앉으며 흥, 하고 새침한 콧바람을 흘렸다.

"대체 이런 놈 어디가 마음에 든다는 건지 난 모르겠네."

"그럼 그 이런 놈의 차 말고 자기 차를 타고 가는 건 어때?"

"시끄러워. 오늘은 운전할 기분 아냐."

조수석에 앉은 차연주는 매끈한 다리를 꼬며 말했다.

"출발해."

"…내가 무슨 네 운전기사라도 되냐."

"꼬우면 이 차 도로 내놓으시든가."

"안전하게 모시겠습니다."

자본에 굴복한 강우는 한 손을 들어 한설아와 에키드나에게 흔들었다. 두 여인은 차연주를 불안하다는 눈빛으로 바라보며 그를 배웅했다.

강우는 천천히 액셀을 밟으며 입을 열었다.

"안 그래도 물어볼 게 있었는데 다행이네."

"물어볼 거?"

"응."

강우는 오늘 만났던 호쾌한 인상의 사내를 떠올렸다.

"오늘 백강현을 만났어."

"뭐, 뭐라고? 어디서?"

"영등포 타임스퀘어에서. 당연하지만 우연히 만난 건 아니고, 그쪽에서 찾아왔어."

"…뭐라고 했는데?"

차연주는 가늘게 눈을 뜨며 물었다. 희미한 불안에 떨리는 목소리.

강우는 동요하는 그녀를 바라보며 피식 웃음을 흘렸다.

"뭐라고 했을 것 같아?"

"장난치지 말고."

노기가 섞인 눈빛이 강우를 향했다. 강우는 어깨를 으쓱이며 말을 이었다.

"한울 길드로 들어오라고 했어."

"조, 조건이 뭐였는데?"

"500억이랑 값비싼 집과 차, 한울 길드 간부 자리 그리고… 전설 등급 장비."

"…이런 미친."

차연주가 눈을 크게 떴다.

정신이 나갔다고 할 수밖에 없는 파격적인 조건. 자신도 꽤나 파격적인 지원을 해줬다고 생각했지만, 한울 길드가 제안한 조건에 비하면 가소로웠다.

"으……."

차연주는 분하다는 듯 입술을 깨물었다. 이 정도로 파격적인 조건이라면 그가 받아들이지 않았을 리가 없다는 생각이 들었다.

"그, 그래서 한울 길드에는 언제 들어가기로 했는데?"

"응? 언제 들어가다니?"

"…설마 저 조건을 거절한 거야?"

"굳이 누군가의 밑으로 들어갈 만한 이유가 없으니까."

"하."

차연주는 허탈한 표정을 지었다.

그가 누군가의 명령을 들을 사람이 아니라는 사실 정도는 처음 만났을 때부터 느끼고 있었다. 하지만 설마 저런 파격적인 조건까지 거절할 거라고는 예상치 못했다.

"…역시 넌 이상한 놈이야."

차연주는 강우에게서 시선을 돌렸다. 창문을 바라보는 그녀의 입가에는 어째서인지 희미한 미소가 지어져 있었다.

"그래서, 백강현에 대해서 뭐 아는 것 있어?"

"몇 번 만나본 적은 있지."

"어떤 사람이었어?"

"아마 네가 느낀 거랑 똑같을 거야. 저런 놈이 국내 1위 플레이어라는 게 믿어지지 않을 정도로 왕창 깨지."

"흠. 그건 보면 아는 사실이고. 그에 대한 뒷소문 같은 건 없어?"

"소문이라……."

차연주는 기억을 더듬었다.

"한 번 크게 화를 냈던 적이 있다고는 들었어."

"화를 냈다고?"

"응. 아마 월드 랭커 심사에서 떨어졌을 때일걸? 그때 국내에서 최초로 월드 랭커가 나온다고 얘기가 많았으니까."

"흠……."

"뭐, 그럴 만도 하지. 그때 본인도 그렇게 떨어질 줄은 몰랐을 테니까."

"어떻게 떨어진 건데?"

"월드 랭커 중에 후지모토 료마라고 일본인이 하나 있는데. 걔한테 패배했어. 그것도 꽤나 처참하게."

후지모토 료마. 일본이 보유한 월드 랭커로서 신화 등급 무기의 보유자로도 유명했다.

"안 그래도 한국하고 일본하고 사이가 좋지 않은데 심사에서 그렇게 패배했으니… 엄청나게 욕을 먹었지. 랭커 자격이 없다부터 백강현이 국위를 떨어뜨리기 위해서 일부러 졌다, 매국노다 등등 별의별 소리를 다 들었어."

"그 정도면 화만 낸 게 용한 거네."

화를 내지 않는 것이 오히려 이상한 상황이었다.

"만약 그게 너였다면……."

"악플 단 새끼들 모두 찾아서 손모가지를 부러뜨렸겠지."

"……."

차연주라면 충분히 그럴 수도 있다는 생각이 들었다.

"그렇다면 일단 꺼림칙한 소문은 없는 거네?"

"왜? 백강현이 뭐라고 했어?"

"아니, 혹시라도 제안을 거절했다고 보복을 할까 싶어서."

차연주는 피식 웃음을 흘렸다.

"그럴 놈은 아니야. 오히려 마음에 든다며 웃었으면 웃었을 놈이지."

정확했다.

강우는 고개를 끄덕이며 액셀을 밟았다.

"왔군. 기다리고 있었다."

화랑본부에 도착하니 입구에 백화연이 나와 있었다. 강우는 짧은 인사를 건네며 그녀에게 다가갔다.

"연락하면 나오셔도 괜찮은데."

"후후. 안에서만 기다리기 답답해서 말이지."

백화연은 그렇게 말하며 본부 입구를 향해 몸을 돌렸다.

"들어와라. 보상을 보여주지."

"전설 등급 장비라며?"

"그렇다. 미르 길드에서 아직 각인 의식을 치르지 않은 물건이 나와서 말이야. 바로 이거다 싶었지."

"고생 좀 했겠네."

"말도 마라. 위에서 얼마나 반대를 했는지 열불이 터질 뻔했다."

백화연은 지긋지긋하다는 듯이 고개를 저었다.

"의원 놈들이 다 그렇지 뭐."

"흥. 정말 말이 통하지 않는 놈들이다."

백화연은 표정을 찡그리며 전설 등급 장비가 보관되어 있는 특수 보관실로 그를 안내했다.

두꺼운 문을 통과하자 검은색 롱 코트가 보였는데 겉으로 봐서는 전설 등급 장비라는 생각이 전혀 들지 않는 밋밋한 디자인이었다.

"이게 그 전설 장비야?"

차연주가 눈을 빛내며 검은색 롱 코트로 다가갔다.

강우도 검은색 롱 코트가 보관된 곳에 다가가 장비의 정보를 확인했다.

[장비 정보]

장비명: 블랙펄 코트

등급: 전설(각인 전)

기본 효과: 물리방어력 +660, 마법방어력 +480, 고유 스탯 +5.

특수 효과: 1분간 스탯 보너스를 2배로 받을 수 있는 '크라켄의 분노'를 사용할 수 있습니다. 한 번 '크라켄의 분노'를 사용하면 24시간 후에 다시 사용 가능합니다.

장비 설명: 크라켄의 심장에 있는 응혈을 사용하여 만든 코트입니다.

"음…… . 그렇게 좋은 전설 장비는 아닌 것 같은데?"

장비 정보를 확인한 차연주가 가볍게 혀를 찼다. 왜 미르 길드에서 각인 의식을 하지 않고 보관해 뒀는지 알 수 있는 성능이었다.

"스탯 상승치가 진짜 말도 안 되게 높긴 한데……."

5의 스탯을 절대치로 올려주는 것은 전설 등급 장비에서도 거의 찾을 수 없는 수치였다. 대부분이 1~2였고, 높으면 3~4 정도였다.

스탯은 그 수치가 높아지면 높아질수록 그 힘이 강해지는 대신 올리기가 극단적으로 힘들어진다. 처음에는 간단한 운동만 해도 1~2의 힘 스탯을 올리는 것은 어렵지 않지만, 스탯이 40을 넘기면 아무리 몸을 지지고 볶아도 스탯이 오르지 않았다. 즉, 대부분의 플레이어들이 스탯이 높아진 이후에는 레벨업 할 때 주어지는 1~3의 스탯 보너스만으로 스탯을 올려야 한다는 의미였다. 그것도 자신이 주력으로 삼는 스탯이 오른다는 보장이 없었다.

그런 상황에서 고정 스탯을 5씩이나 올려준다는 것은 한 번에 레벨 4~5를 올린 것과 같은 효과를 볼 수 있었다. 가면 갈

수록 레벨 업이 얼마나 힘들어지는가를 생각하면 굉장한 성능이었다.

"근데 고유 스탯을 가지고 있는 플레이어가 거의 없잖아."

문제는 바로 이것. 애초에 고유 스탯을 가지고 있는 플레이어의 숫자가 극소수라는 점이었다. 결국 고유 스탯이 존재하지 않으면 블랙펄 코트는 가장 중요한 스탯 상승이 없는 깡통 전설에 불과했다.

"그래도 기본 물리방어력과 마법방어력 수치가 높지 않은가."

"그런 그렇긴 하지만 조금 아쉽네."

차연주는 실망하고 있을 강우에게 한마디 건네기 위해 고개를 돌렸다.

"응……?"

실망은커녕 활짝 미소를 짓고 있는 강우의 모습에 차연주는 고개를 갸웃거렸다. 의문도 잠시, 차연주의 머릿속에 번뜩이는 생각이 스쳐 지나갔다.

"설마… 강우 너 고유 스탯을 가지고 있었던 거야?"

"그래."

차연주는 허탈한 표정을 지었다. 극소수만 가지고 있다는 고유 스탯이 강우에게 있었다니.

'생각해 보면 이상한 것도 아닌가.'

강우의 성장 속도는 비정상적이었다. 극소수의 플레이어가

가지고 있다는 고유 스탯이 그에게 있다면 어느 정도 그 성장 속도가 설명됐다.

"그렇다면 얘기가 달라지겠네. 이건… 전설 장비 중에서도 최상급이야."

"좋군."

강우는 아주 만족스러운 듯 연신 고개를 끄덕였다.

그가 가진 고유 스탯이라면 당연히 마기였다.

'마기를 5나 올려주다니.'

거기에 스킬까지 사용하면 1분이지만 스탯 보너스가 2배가 된다. 즉, 제한적이긴 하지만 마기 스탯이 무려 10이 올라간다는 의미.

'오리악스를 잡아먹어도 고작 3이 올랐을 뿐이었는데.'

칠천지옥의 악마를 통째로 잡아먹은 것보다 높은 증가 수치였다.

그는 몸을 돌려 백화연에게 손을 내밀었다.

"좋은 물건을 주셔서 감사합니다. 악마교의 뿌리를 뽑자는 목적은 같으니 앞으로도 적극 협조하겠습니다."

"하하하. 설마 자네가 고유 스탯을 가지고 있을 줄은 생각도 못 했다. 이 장비는 자네를 만날 운명이었던 것 같군. 앞으로도 잘 부탁한다."

백화연은 그의 손을 마주 잡으며 호탕한 웃음을 흘렸다.

쾅!

"어서 그 물건에서 떨어져라, 이것들아!"

그때, 정장을 차려입은 노인 하나와 그의 경호원으로 보이
는 네 명의 남자들이 특수 보관실 안으로 쳐들어왔다.

"홍 의원님……?"

"홍! 당 의원들이 제출한 탄원서가 지금 막 통과됐다. 그 물
건은 국고로 환원될 게야."

정장을 차려입은 노인, 홍준태는 씨익 미소를 지었다.

To Be Continued